U0076578

疫之生

許菁芳

目錄

輯二·生

疫之生・序

這本書寫於二〇二一至二〇二二年，始於疫，終於疫。剛開始寫作時是立夏，大疫初起，人人宅居在家。寫了一季，工作與身體都有變化，思路略有停滯，擱置過年，又在春分時重拾鍵盤。一篇篇慢慢整理，完稿於次年夏天，節氣約是小滿。又是大疫時。

在雙疫之間寫作，感覺十分奇妙。此夏與去夏似乎輪迴重逢，表面看來情境相似，裡頭卻有重重變化。同樣是防疫在家，去夏確診數三位數，今夏五位數；但去年還沒有疫苗，土法煉鋼地防堵與避險，今年確診如打第四劑，親友中標者此起彼落。不過，即使疫情大變，以平常心面對的淡定感也沒有變。兩個夏天的氣氛反而又很相似，沉潛安養，靜待疫過。

兩個夏天同樣忙碌。兼課多排在下學期，故春際夏初總是特別忙。二〇二一是博士學位完成後第一個正式的學期，接了各種課程、演講，準備教職面試，也繼續寫研究論文。當時已經覺得很忙。但顯然，學界日子沒有最忙，只有更忙。二〇二二春天如電影倒帶，去年邀約過的兼課、演講全部再來一次，另外還在風城多了三學分，面試拓展至島國南疆、內地與海外。在沒有時間做研究的時候，也還是要保持動能，想盡各種策略維持發表，揪團跟團，稿約邀請來者不拒。忙碌似曾相識（déjà vu）。

疫來時都是忙碌正盛時。知識工作的性質使然，只要有網路VPN連圖書館，人在哪裡都可以教書、寫功課。我跟著全世界進入了虛擬工作的時代。

長時間在家，我很感謝多年前為自己選擇了知識這個行業。這是一份可以超越諸多時空限制的工作。而且確實符合我的性格，宅宅。

當然，物理上的宅居終究帶來不可取代的變化。人隱居，終有潛伏之姿，多有休養的意識。這兩季我都從頻繁的出差通勤轉為長篇大論的宅居生活，疫臨都在五月，彷彿是一進入夏天，生活就突然急轉彎，開進長長的林蔭隧道，眼界與心思都開闊、涼爽起來。離開通勤的節奏，山居引人回到自然的韻律。去夏炎熱晴朗，人活在大片大片的陽光熱氣之中，晨昏有蟬聲蛙鳴，日記浸潤在旺盛的綠裡。今夏雨多，從春雨到梅雨，大把大把的水灑落，蟬聲蛙鳴少了，但常在深藍幽暗的凌晨聽見若紫嘯鶇的口哨聲。避疫又避雨，我幾乎不出門，對著窗外雲霧綿綿，寫字的能量不快，但很悠長。

疫居，有一部分過生活的興味得以舒展開來，如蜷曲的茶葉在熱水中逐漸舒張，而人終於有興致等一杯熱茶開放。早上可以聽podcast做早餐，想吃什麼就做什麼；菜頭粿、蔥蛋，鬆餅、薯餅（hash brown）、早餐腸（sausage），粽子、煎餃、烤地瓜，甚至是加了蛤蜊的鍋燒意麵。每天都可以給自己泡咖啡；出門的日子常常連泡掛耳包的時間都沒有，現在花十分鐘看咖啡膨起滴落，只是小小的細節，卻把時間填充得非常踏實。

在家裡沒事就是上網買東西。喜訂蔬果箱，坐等夏日農產豐盛到我家，又喜訂3C設備，買雷射印表機、升級七十吋液晶電視。工作到一段落，坐在冷氣房裡吃芒果追劇，喜上加喜。在家躺好竟還有助於疫情減緩，真是人生難得的一段日子，不事生產就有貢獻。

於此，我逐漸體會到疫之生機。原本奔流在外的注意力、生產力與各類資源，受到抑制，轉往內部滋養。身體安靜下來，開始有餘裕感受原本存而未聞的各種豐盛美好。其實山本來就是在的，蟬聲蛙鳴也是在的，只是我以前沒有聽見。寫作的窗景日日如是，夏日晨光每天都流轉來一次，只是我不一定有心力享受。首疫之夏，我常想，幸好入居了這個房子，當時只是一股衝動，搬離市區後通勤也耗時；但接受了轉變，生活就駛往新的航線。疫時發現山中無歲月，最適合讀書人。因而理解到轉變也是一種預備，轉變來時不抗拒，過了就抵達新的風景。大疫使此理更加明白。

深一層說，雙疫雙夏，休養的層次其實還有不同。雖然是做什麼都可以，但拿這奢侈的大把時光做什麼，冥冥中還是有注定。去年我很認真做瑜伽，發現了很多身體的訊息，也是從來都存在，只是聞所未聞。例如認識到自己害怕休息。瑜伽練習後總會有不可抑制的疲倦浮上來，此時小睡一下最好。但若是晨練後，想睡時偏偏也正是一日開工時——九點多十點晝寢，我心裡很難克服。拖著身體工作，我逐漸看見這是多年習性，源於恐懼。我害怕休息。害怕落後，害怕失敗，害怕坐實懶惰的批評。但休息不代表不努力；其實休息跟努力是同樣的一份用心。於是去夏的功課是學著信任身體，多運動，也允許自己多睡覺。幾個月過去，回到辦公室，寫工作報告時發現產出成果根本看不出差異。過去矜持一份紀律，寫了不少功課；但乘著夏氣想睡就睡，依舊寫了不少功課。功課都要寫的，但寫的過程可以呼吸。

今夏的功課更深一層。懷孕七個多月，抱著孕肚，多休息。在休息的心量裡找到暢快工作的節奏。休息時放心休息（像是大休息式那樣把重量完全交給地板），工作時全心工作。我讀到很多文章，身負重任的女性分享如何多頭馬車，都說活在當下是最重要的，小孩想玩就全心投入跟她玩一下，用心的能量很驚人，很快小孩就玩夠走掉了。我想像需要休息的自己也是個小孩。疫中有餘裕實驗，除了教課外，不緊抓任何日程，餓了就吃，累了就睡，精神好就工作。懷孕的身體容易疲倦，經常消化不良，餐後需要按摩、不時小睡。尤其進入第三孕期後，明顯感覺到血液與心臟都承擔了更大的責任，一教書就微微地喘。三小時的課需要一個下午躺平回血，一路躺到晚餐也有。但充電後，醒了也是真醒了，爬起來又繼續讀書。看似沒有紀律的日子還是有微妙的平衡，學習的胃口似乎養好了一截，整理文獻時又重拾讀書的樂趣。外人完全看不出差異，只有研究者心知肚明寫作時是否快樂。雖然只是一咪咪的清澈喜悅，但以讀書為業而不異化知識，實在難得。於我是用心調養身心才有的結果。

於此，雙夏雙疫又是同一。心有餘裕允許躁鬱煩悶浮現，因而能夠消化清理，獲得更深廣空間。這也是疫之生，因疫而有生機。

疫與生之間的關係層層疊疊，眾多修行體會，難以三言兩語說分明。於是寫了一本小書。此書記錄了很多關於寫作與身體之事，是兩大主軸，寫完之後我也更深認識到自己核心的兩個身分。我是讀書人，生命力彰顯在文字上；我是女性，身體就是我生產力的載體（instrument）。寫作要寫自己知道的事，這兩大介面捕捉了絕大多數我在大疫間的感受與探索——於是最後交出的稿件都環繞著這些主題，想想也是理所當然。雖然也不太確定究竟有誰要看這樣的東西，但很確定將來的自己會欣賞這些仔細整理過的足跡。畢竟這是全地球都難以忘懷的一段日子，我也希望留下微觀的小歷史。

這本書的寫作過程可以說是漸入佳境。兩年說長不長，說短不短，但平常生活很忙碌，感受零碎如日記一般散落各處。心裡雖然知道能量足夠成書，但寫書需要一段專心的時間，慢慢將片段的資訊安排到適合的篇幅與位置。於是我嘗試更早起，把握早餐前的時段，每天推進一點進度。如果這本書讀起來有某種早晨的氣氛，那確實是因為它本質上是晨行的文字。早上的空檔變化也很大，好的時候可以寫兩個小時，有限的時候只有二十分鐘，還是盡量寫一段；覺得很遺憾也沒有辦法，起碼還有那一段。不過時間真的有限——從開始動筆整理到最後完稿，還是花了約半年，截稿期限從驚蟄不斷向後推遲到芒種。幸好，越寫越篤定，我可以感覺到越是勤奮地開啟、疏通文字的管道，文字的速度與量體也越流暢、穩定。即使要花比較長的時間，最終，一定會有完成的那一天。因此我也又更深體會寫作者的紀律——無論多寡好壞，重要的是堅持不懈。最終，寫作的紀律會完成作品，會開展作者的一生。這也是疫間再次複習而新生篤定的信仰。

疫間我還體認到一件事，即個人福祉（wellbeing）之綜合，即成就整體社會福祉。看著確診案例累加上去，其實個人能做的不多、但也很多，因為每一個案例都是一個活生生的臺灣公民。大島方舟上，人人都很重要，把自己照顧好，身體安康心情穩定，受到影響時不發洩情緒，有心量把焦躁不安終結在自己身上，已是極大的貢獻。我在鍛鍊文字與身體的過程裡，練習開拓自己內在的空間，在疫中尤其獲益良多。這一點益處，希望能分享出來，送給所有打開本書的讀者。

輯一／疫

無中生有

這是暮冬，空氣裡有新意。剛翻過元旦，一月總有種等春節放假的氣氛。

跟很久不見的朋友吃晚飯。見到她很開心，卻也很想趕快回家休息。吃飯到尾聲，朋友問候了我一件什麼事，我竟然流下淚來，說我感覺好累，也不知道在累什麼，我是不是該明天自行宣布放假？是，她畫著精緻眼線的大眼睛看著我，我感覺得到一份重要的訊息。

於是隔天我就自行宣布放假了。這時候的我是博士班剛畢業，手上有一份來自美國的寫作獎學金，沒有人管，每天就是按照給自己的進度讀書、寫文章、投工作。好像沒有什麼非得去辦公室的理由，也可以自行放假。放了一天不夠，放了整整一週。然後又一週。然後再一週。農曆年來了，農曆年假完了，還是不想回到辦公室，於是又繼續放假。我也忘了最後是什麼時候歸隊，但很確定是春天——因為我回到辦公室的時候，南港大坑路上的櫻花已經開了。

似乎是十餘年來第一次真心的放假。自願的放假；暫停工作，暫停生活。覺得走到路的盡頭需要坐下來休息，必須在這裡停下。不是因為意外，也不是受到打擊，單純就是沒有動力走下去，自然地需要暫停。心裡像是有一塊什麼東西真誠地封閉了起來，進入休眠的狀態。二月我本來在等一份工作面試的通知，後來輾轉推知沒有獲得面試機會。以為自己會感到難過，卻沒有什麼感覺。我現在的感覺，就是沒有感覺。我模模糊糊地意識到，我沒有感覺已經很久了，我只是終於感知到它。

長長月餘，記得的一些片段都很隨機、破碎。比如肚子餓，比如很冷不想下床，比如某種深沉麻木的無價值感，比如天黑了才出門運動，而那是一整天唯一一個行程。

在山上的社區很幽靜，四周沒有食物，最近的小吃攤也都要騎車十分鐘才能抵達。UBER Eats甚至沒有送餐，Foodpanda上的選擇也不算是很多。常常是肚子餓到不行，才開冰箱看有什麼東西吃。吃了很多冷凍水餃跟燙青菜，外送吃不怎麼樣的拉麵。在一種低落的廢裡，連吃得好都沒有什麼力氣。

我體驗著一種深沉而麻木的狀態。或可稱為一種靈的死亡——沒有生的慾望，不想創作，無所謂肯定或否定自己，與任何事物都毫無連結，也不想跟自己連結。躺在床上看一部部電影，是一種逃避，也是抓著救生圈。可以感覺到自己微微下沉的力道，因而需要一種不停歇的流暢敘事（而電影影劇終究是帶著能量的載體）撐住我，讓我可以停留在自己空無的狀態前，與她對峙。或者，一種僵持的陪伴。

在所有生無可戀之間，唯一一件還有積極作為的事是出門練舞。二月底有春酒表演，我參加的熱舞班級要一起上臺。我雖然連動都不想動（連本來常做的瑜伽，也都長篇大論地翹了課），但是表演排舞臺後，少一個人就很致命。我沒想拖累其他同學。況且，我也感覺得到每天死水一灘，底層仍有一點點活躍的渴望。無論如何還是得去，穿上大衣，叫了計程車，在百般擺爛之下，把自己帶去跳舞。

幸好有熱舞課。不只是保持運動，也因為課上都是女人。熱舞是性，性是生命力，女人的性魅力流動，給了我很多支持。我可以感覺到，女力舞蹈課給了我不少能量，幫助我回頭面對不明所以的深沉低落。

廢裡起起落落，然時節遞嬗如常。翻過了農曆新年，便是立春。

春天，瑜伽老師舉辦靜心營，在宜蘭稻田間靜心三天。我跟著去。期間分享，我說到過去一個多月沒有出門，在家裡沉澱，無所謂悲喜，只是很累。瑜伽老師若有所思地說，有時人生走到一個階段，會掉進迷障裡，那是要轉折的契機，前一段時日累積的滋糧會支持我們經驗、穿越。

在優美亮麗的田野之間，瑜伽老師說這句話時，背後有晶亮的綠色草皮，以及晴朗不過的藍色天空。

我想到過去近十年的摸索與累積。我選擇了一個職涯，走上很長的自我探索之路。現在是強弩之末。如車行過廣袤大陸，終於抵達公路的終點，此時不是立刻打包前往下一段旅程的時刻——這是拆車保養的時刻。車子要打開來散熱，換上新零件。人坐在小屋外喝杯咖啡，跟身邊的人聊聊天。在路上時，失去動力也必須強行調動力量出來，鼓動自己抵達終點。但人如潮汐，也有漲落，怎可能永遠都在高潮處？那些低潮不是不存在，只是被深深壓抑。我花費了很大的能量去追求很大的目標，不曾允許自己失敗。但失敗是人生的常態。現在是消化失敗的時候。

我完成階段性任務了。在追求知識的路上，我如捏陶人用心打造作品，燒以烈火，現在瓷器終於出爐。遠看完整，細看都是微小的裂痕。那些在過程裡不得不放棄、忽視而前進的不完美，其實始終常伴左右。它們是成品的一部分，它們也是成功的一部分。There is a crack in everything, that's how the light gets in.

不只裂痕，成品的內在還有巨大的空洞。我覺得真實的成就是一面鏡子，成功的同時，也會照射出有多少進步的空間。空間就是空洞。我意識到我把巨量的挫折感儲存在這些空間當中。因此，當我抵達終點時，我感覺到的不是成就，而是成就過程中我從未放手的自我批判。

難怪我這麼累。因為是真的很累啊。累很久了，終於可以累了。

瑜伽老師的那句話，誠然有理。轉折前是迷障，但前一階段累積的滋糧，會支持人緩步度過。抵達終點，是整補時，是解壓縮的時刻。首先允許負能量宣洩，再進到地下室看看這空洞有多麼巨大。還不急著填補空洞，那是之後的事。現在只是在黑暗裡摸索，感覺真實的虛空。這就是我成長的基礎啊，原來在巨木參天底下，蜿蜒了這樣深刻黑暗的空間。

那幾天靜心，似乎什麼也沒有發生。我只是睡了很多，吃得很素，跟同學們做了不少瑜伽，愉快地一起喋聲、一起談話。晨起瑜伽練習後，身體放鬆，會莫名地想睡。甚至也有同學睡過頭了，中午的靜心課也錯過。老師說沒有關係，同學平常累很久了，此時的睡眠是深層的休息，讓他睡。我體會到翹課是可以的——在人生中翹一點課也是可以的——憂鬱是可以的，沉默也是可以的。我所需要的支持會以不同的形式出現。

民宿戶外有一塊草皮，老師讓我們在草地上行走靜心。我感覺到毛茸茸的草地有春天的生命力。我光著腳，閉上眼睛，慢慢躺下。那刺刺毛毛的觸感似乎穿透了一道小孔，光線透射進來。

我躺在靜默的黑暗覺得足夠了，起身看看光隙裂縫，伸出手扳動板塊。

三月的某一天，突然覺得明天可以回到辦公室裡。甚至沒有覺得要去，是感覺去也可以，不去也可以，那也可以去試試看。回到辦公室感覺一切如常，彷彿從沒有間斷過。生活一切照舊；唯一明顯的改變是分享同一間辦公室的學弟妹多了起來。過沒幾天，我就拿到了正式的新工作。熱熱鬧鬧又有點捨不得地離開了南港，到了市區。更大的辦公室，更獨立的空間。工作上機會更多，更忙了。

原來廢裡有生機，是這樣的意思。生命在無中會生有。休息夠了就會有新的機會出現，休息夠了也會有新的動力出現。

我一直那麼害怕心裡的空洞，將所有挫折、懶惰、憂鬱、批判都往內裡塞。反而是從未放下，一路背著裝滿張力的黑洞前進。但黑洞打開來，負能量流淌乾淨，也沒有什麼——就是一個洞。洞裡可以長芽。給它時間，等待機緣。

新工作裡我一直提醒自己保持覺知，接受內裡的虛空。我仍然可以感覺到自己的黑洞，一種沉默的茫然，麻木而停滯，不知何去何從。我逐漸理解到，這份空洞不只是工作引發的，是人與生俱來的。夕陽西下的惆悵感，與人剝離的隔絕，永無止盡的入世追求——或者很單純，有時候，頭痛背痛肚子餓，就會覺得人生很空洞。我練習不壓抑這份空洞，接受它是我的一部分；空洞來臨時，我就是虛無解離。如果今天感覺自己臨到這樣的狀態，我會選擇把今天留給這樣的自己。

我感覺自己勇敢了一點。崩解也就是崩解，我沒有害怕放下我所有的事物，回到黑暗與虛無之間。

無中裡生有。生命總是要來體驗那無邊無際的沒有，毫無意義也沒有方向的沒有，單純地沒有。人在其中，沉默地待著，無所努力而無所抗拒地等待著。這其實需要一種深刻、向內的力量，也需要一種勇氣，去看見與體驗內裡的廢墟。

體驗內裡的廢墟，需要的是一種沒有批判，沒有努力，沒有解釋，沒有企圖的力量。

這是願意接納真實的力量。真實就能涵養力量。

博士的最後一哩路

完成博士學位的時候，我非常欣慰。不只是完成了一件很酷的事情，也因為在這過程裡我經歷了深刻的成長，一層層蛻變，終究成為了完全不同的人。

因此，我不像身邊眾多同事，極力勸阻年輕人申請博士班——明知山有虎，莫向虎山行啊——反而抱持著相當輕鬆的心情給予祝福。道險且阻，但生命本來就是一次次經驗痛苦獲得成長，在博士班裡的鍛鍊沒有比其他場域的鍛鍊更辛苦。反正都要死後重生的，在學院裡死，也很好哇。古今中外，有這麼多偉大的靈魂陪葬。

這裡有玫瑰花，就在這裡死亡吧。

死後重生雖是比喻，但身處期間，真可以感覺到許多過去緊抓不放的自我，在鍛鍊中死去。死去之後感受到的不是痛苦，反而是放下重擔的輕鬆感，攀上山頭心胸開闊。博士之路六年餘，死去的我千千萬萬，感受最深的是放下想像中標準而完美的自己，接受諸多缺憾而真實的自己。過去我一直以為獲得成就最重要的能力是行動，一種「去做」的能力。博班路到盡頭，反倒發現重要的能力是接納，接受「做不到」。接納自己眾多缺點，接受知識有限，接受每日的混亂、匱乏，有數不盡的遺漏與扭曲。接納裡有完成的力量，允許自己帶著許多問題反倒能夠前進。這同樣是一種需要練習的能力。

我的博士學位，尤其是最後一哩路，不是衝刺而來，反而是透過放手而來。

學術之路其實很順利。我在二〇一三年進入博士班，二〇一六年拿到博士候選人資格，田野一年，然後在二〇一七年秋天開始寫博士論文。我同時也很有規畫地進行其他線的寫作，比如出版散文集，出版單篇的學術論文，應允專書章節的邀約。表面上看起來，我的創作產量非常豐富，可是，我感覺得到心裡有很多不平衡。我花了很大力氣壓抑挫折跟不甘願，內在慢慢乾枯。論文寫了一年多，二〇一八年我的能量觸底，並且低迷了好一段時間。

我感覺不到我對研究題目的熱情——我應該要有熱情，但是我沒有。我也沒有野心去爭取大學教職。學術工作的市場非常競爭，我應該要積極社交，盡力爭取曝光機會，把握所有求職可能性；但是我覺得很麻木。在創意寫作上，我也覺得我江郎才盡。在出版第一本散文集之後，再也變不出新把戲。

雖然我還是慢慢地寫。我每天都到辦公室裡打開我的論文檔案，我還是每個月固定交稿給文學雜誌的編輯。我像是一條冬天的河流，河床上鵝卵石磊磊，只有一條細細小小的水，流過去，甚至流進石頭堆裡，看不見。

按照長久以來的習慣，我列出一張清單，論文大綱，我完成了幾個章節，還有幾個章節要完成，以及要在什麼時候完成。我不斷努力，想像我的努力會累積，有一天我會突破。但是寫論文像是接近地平線——每當你往前進，那條線就往後退得更遠。我沒有想到的是，轉機出現的時候，關鍵不在於我做什麼，而是在於我接受了我做不到什麼。

轉機出現的那一天，是非常平凡的一天。我搭公車去辦公室，辦公室在市東郊。隨著公車沿著忠孝東路慢慢遠離市中心，我在公車晃動的節奏裡，突然想通一件事。我不斷要求自己做得更多，做多了還要更多；但是我其實是在追求一個永遠不可能完美的結果。我想像我要寫出一本完美的博士論文，一本曠世巨著，而我每次看著我現有的草稿，都只看見它距離那本完美的論文有多麼遙遠。

但是，如果我停止跟平行時空的自己比較，接受我的現狀——我的博士論文，其實已經完成了。

這時是二〇一九年末，深秋末冬。累積兩年，我已經有五個論文章節，還有好些文字散落四處，有些是筆記，有些是期刊論文的草稿，有些是專書章節的段落。我一直非常執著，想要再寫兩個章節，寫出一個更完整宏大的結構。但是我已經精疲力竭，跟我的論文資料大眼瞪小眼，相對已忘言。我其實不想再寫新東西。如果我願意接受現狀——接受我一生只有一次的博士論文就是只有五個章節，就是沒有我想像中的完整宏大——那麼，我已經可以畢業。

對我而言，那是接納我的失敗與缺憾。我曾經設定自己寫出得獎的博士論文，設定自己寫出承先啟後的傑作。但是我沒有。我曾經對自己承諾要完成的計畫，差了一個部分沒有完成，我覺得功虧一簣。帶著這些對自己的失望、批判以及落敗感，我承認自己的有限。今年的我只能做到這裡，這就是我的作品。

接下來的三個月，我把我手上有的草稿修改完畢，交給我的指導老師們。

出乎意料的是，沒有人跟我說我的論文不夠好。從我的指導老師、口試委員，到外校的審查者，沒有任何一關要求我修改，我的論文一路輕騎過關。甚至，口試前，我拿到外校教授的審查意見，裡面幾乎全是稱讚，只有少數提問請我回應。我順利完成口試，論文獲得「無修改通過」，直接畢業。

博士學位的最後一哩路，我學到寶貴的一課：接受自己的有限。

接納自己的現狀，是生命移動的關鍵。

我後來常想，幸好在博士班最後學到了這個功課。因為畢業後的挑戰更多、難度更高。不放下對完美的執著，不僅無法前進，更可惜的是完全錯過了這趟旅程的重點——學術創作的本質是真誠地追求自我，在沒有路的地方找出路來，在混沌當中理出頭緒。這個過程本來就是錯誤連連，挫敗重重，怎麼可能會有完美？深入探索的結果不是鑽石，是一桶又一桶的泥土與煤炭，人人灰頭土臉。這才是學者的日常，學術的常態。我想也是人生的常態。往往是從土裡長出稻穗，煤炭裡燒出火苗。所以那一點點的收穫才感人。星火光芒與一路的汗水淚水，其實是同等有價值的寶物。

接納是一種承認，也是一種開放。承認泥土只是泥土，煤炭就是煤炭。不假裝這是什麼珍珠寶石，也不逃避自己的灰頭土臉。接受自己亂七八糟，盡力了還是亂七八糟。我想我花了那麼久時間執著於一本曠世巨著，恐怕是個很大的逃避，無法接受自己的灰頭土臉。畢竟我花了好長一段青春啊——而且我一直假設自己有天賦又努力，一定可以成功。去承認我的博士論文並不完美，我沒有在這件事情上成功，不僅否定了我給自己的人設，還否定了長久以來的信念。我必須面對的真相是：我可能沒有天賦，我可能不夠努力，甚至，我可能是有天賦而且也很努力的，但我沒有得到我想要的成功。令人（尤其是現在的我）惋惜的是，其實當時想要的成功，也是非常狹隘的一種（奇怪的）成功，甚至是不存在的完美假象。一本完成的博士論文如何不是成功？反過來問，一本完成的博士論文，怎可能是失敗？到底要做到什麼標準，才能肯定這是成就？執著某一種狹義的成功，其實只是逃避現實與自卑的投射罷了。

我的博士論文就以這不完美的狀態定局了。我也沒有把這本論文送去爭取任何獎項。博後兩年，我也還沒有把它改寫成書，所以也還不知道它的歷史定位是什麼。但是，我心裡踏實地接受了這就是我的博士論文，我完成了它，得到了博士學位，我帶著這本並不完美的論文，進到下一個生命階段。

說來也很有趣，當時諸多惋嘆，怎麼看論文都不太順眼；隨著時間過去，好像反而越看越喜歡。我慢慢把博論修改成適合的知識產品，送到不同的發表舞臺去。發了兩篇單一作者的文章，繼續改第三篇，打算把這第三篇做成下一階段的研究主題。畢業前掛心著要寫的那兩個章節，還沒有著手，一直停在收集資料的階段。但心無罣礙。假以時日，這道煤坑總要開發下去的；不開發也可以。甚至最好的，不是把論文變成了什麼結果，而是單純看它就覺得心滿意足。有時教課或者演講，想到一些當時做的分析，回去翻找論文段落出來用，還會讀到默默點頭。覺得自己真是很好的博士生，這些分析寫得很實在。如果我現在要收研究生，我就希望能收到這樣的研究生。

論文沒變，是我變了。我變得比較接納，因而也比較珍惜過去的努力。反而前進越多了。

過去的我，無論當時怎樣不滿意，終究是真心付出過。前一個階段的不完美，依舊是一個完成，成為下階段的滋養。

自我真是一種奇異的存在，無論是歡喜或悲傷，成功或失敗，凡是盡力付出、全心體驗後，都會如花開綻放後自然凋謝。以前曾經很執著的成就——發頂級期刊、拿全額獎學金、完成博士論文——都做到了，完了開心一場；以前覺得過不去的難關——在感情裡心碎、在工作上失意——痛苦一場也過去了。開心痛苦都雲淡風輕。一場場幕升幕落間慢慢邁向中年，外在成果點滴累積，但最好的是心裡踏實自在。

博士論文序言，我引用了長跑選手埃米爾・扎托佩克（Emil Zátopek）的名言：「如果你想跑步，跑個一英里吧；如果你想體驗不同的人生，那就跑個馬拉松。」如果我想做研究，一篇論文已足矣；但我想要的其實是不同的人生，所以我寫了一本博士論文。博士是一段改變生命的旅程。我現在已成為不同的人。

流產

從庚子鼠年年底開始備孕，到壬寅虎年初順利測得胚胎心跳。一年來懷孕三次，先是自然流產兩次，第三次才跨過十二週的門檻，堂堂滑入人說好吃好睡好舒服的第二孕期。

流產聽起來很可怕，但實際走過兩遭，我的經驗裡沒有太多恐懼、痛苦，反而是很深的敬畏，隨之升起對身體的尊敬與信任。每個女人的孕產經驗不同，我的命運是先行兩次自然流產——沒想過此行路徑，卻是奇幻的旅程。我逐漸離開對身體的控制，親身體會何謂自然的力量。天道運行，我是承載生命的管道，我是女體，我是天地間自然力量的一部分。

第一次懷孕其實很順利，剛備孕就中獎。那是二〇二〇年的冬天，我跟室友去臺南玩了一趟，天氣晴朗心情開朗，小孩大概也喜孜孜地決定，不如就來去地球住一晚。隔沒幾天的週二，平凡如常，午餐時我在洗手間見粉色的血點。這是排卵期剛過，經期尚遠的時刻；我從沒在這中間地帶見過任何血色，直覺是懷孕了。果不其然，隔三天，驗孕棒就出現淺淺的二條線。

孕初期變化是個說時遲那時快。我享受了竊喜的六七天，再下一個週二就發現出血。一開始我還抱持著處變不驚的心情——「懷孕初期出血是很正常的嘛」——但是出血的速度與顏色都相當驚人，比一般生理期還要鮮紅、大量的血，嘩啦啦地染濕棉片。半天後還是血流不止，我去看婦產科醫生。內診後再次驗孕，乾乾淨淨的一條線。身體從內到外都爽快放手了這顆受精卵，流產確認。

從婦產科出來，我去路邊的八方雲集吃煎餃。老實說，身體沒有多於生理期的不適。下腹悶痛，困倦，沒有胃口，這是熟悉的經期感受。如果不是特別注意而提前驗孕，恐怕我甚至不會知道已經有生命降臨過我的身體。一邊吃煎餃，一邊感覺沒有異狀的身體、沒有負面的心情，在一片「沒有」裡感受到一種奇異的淡定。身體原來是有這般能力的營運體。在我恍然未知時，已經承載了生命、又釋放了生命。我的子宮行禮如儀地迎接了、品管了、又淘汰了她認為不適合的受精卵，這每個行動在我看來都是不可思議，甚至是不可思議地困難；但對她來說，毫無困難或糾葛可言。來則來，放則放，如季節輪轉。

第二次懷孕是二〇二一年的七月盛夏。經過半年的備孕，加上五月疫情正盛，我關在家裡天天瑜伽、運動，覺得身體輪轉不停，汰舊換新，一層層向內探索與自我合一。發現懷孕的時候，是節氣大暑，我面對著工作量相當堅實的一週，完成了一場關鍵的教職面試，又準備參加一場重要的論文工作坊。淺淺的兩條線浮出驗孕棒，我非常開心；不過工作當頭壓抑著興奮，計畫隔幾天，我的場次報告完之後，要偷偷溜出門去看婦產科。懷孕初期，首要的是確認著床位置與胚胎心跳。我暗暗設定，這次先確定胚胎穩穩落在子宮裡，但如果能進度超前、聽見心跳就太好了。

不過，生命自有出路，在婦產科我得到了完全意料之外的資訊。

超音波的小小螢幕上，看不到著床的胚囊。富有經驗的老醫生，沉著地來回換角度，尋囊未果。老醫生讓我到廁所再次驗孕——而試紙上是清楚的一條線。我滿懷驚訝。不到三四天前的兩條線去了哪裡？我的月經遲遲沒有來，白天疲倦愛睏，這不是懷孕的標準癥狀嗎？老醫生很會說話：「月經不來有很多種可能性，比方說我看你瘦了很多，體重改變也有可能啊。」老醫生除了很會說話之外，說話也很中肯：「你現在就等。如果有懷孕，它總會發展起來。」放我回家靜觀其變。

生命的底蘊，原來就是個靜觀其變。人不能做什麼。因為草木是否生發，取決於春的來臨，夏的旺盛。人雖可以勤於耕耘，滋養灌溉——但所有準備都是一種等待。生命的突破與萌發，是不可洩漏的天機。

接下來幾天，我有擔憂，但也用心練習等待。我擔心，體內已經微量到無法測得的HCG，代表子宮要再一次放手這顆受精卵。子宮的品管好嚴格啊，我想，但也不意外，我本人確實是嚴正的性格。我猜想體內有一場寧靜革命正在發生，無論生命往哪個方向流變，都如此寧靜，也都是真正地革了一命；我的獨立意志無從置喙。於是我照常準備報告、參加研討會，晨起練習瑜伽、跟著教練上肌力課。在日記裡，我對自己說，「就算要流產，也要維持好的體能狀態吧。」所以日常一切行禮如儀。

流產是在早上開始的。週六醒來，看見有微量的血跡。很擔憂，傳訊息給瑜伽老師，老師說，稍後十點的瑜伽課還是上線來吧，我們做安胎體式。安坐在修復體式內的我，隨著老師的引導，逐漸沉入深深意識。感受憂慮與難過。腦海中浮起一些久遠的畫面，如小時在大賣場意外受傷，捧著流血的手指頭跟著爸媽搭電扶梯離開，趕去醫院。還有虛擬的畫面，如《冰與火之歌》龍后遁入的寡婦之屋，我被一大圈女人環繞，蜷曲在自己母親的懷裡，而親密的女性友人跪坐在我身邊，一邊哭泣一邊為我禱告。我感覺到一種集體的母性，是母親的擔憂與傷心，我流下淚來。

雖是流淚，卻仍然在平定裡。人只是坐著，閉著眼睛，微微流淚與經驗傷痛。這是瑜伽創造出的空間，是瑜伽課神奇的力量。

下身血液汩汩而出。我有失落，也有難過。但是，我同時感覺到一股更大的天道運行著，在我的喜好之外。我不知道生命的來去是善意，或者是遺憾？在我有限的觀點看來，是一種失去，但是在更大的尺度看來，或許是一種愛。孕初期的流產多是基因缺陷，無法成功發展的胚胎自然離去。人的為難在老天的眼裡恐怕是無謂的。

瑜伽課後是來得又快又多的血。心裡知道八九不離十是再次流產，依舊出門到老醫生處確認。老醫生還是很淡定，「這就解釋了為何前幾天驗不到第二條線。」早在那時，身體已經完成判斷，做好了釋放的準備。回家後，倒在床上休息，跟上次一樣，身體沒有特別不舒服，只是血確實很多、很快。一般生理期，一片衛生棉可以維持三四個小時；這次不行，不到兩小時整片血紅通透，甚至逐漸外溢出來，弄得白色床單床墊血跡斑斑。清洗下身時目睹何謂血流成河，血流順著雙腿向下，是人生沒有見識過的景象。我體內竟然有這麼多鮮紅的、充滿生命力的血液奔流。

即便如此，身體還真是沒有痛苦，沒有多於生理期的不適。

二次流產，盛夏在宅。哭泣，驚愕，甚至是憤怒——我有完整的空間經驗我的感受與情緒。奇妙的事，經驗完了真的是完結了。更深更多的感受是謙卑與信任。我的身體如此淡定，非常知道該怎麼做。懷孕了沒有難受，只是困倦；流產了也沒有受苦，若生理期。如果不是月經晚了週餘，我又頂真驗了孕，很可能我會以為，又只是一次晚了多天的生理期。

我的流產是幸運的——我沒想過幸運是個可以與流產連結的字詞，但卻是我真實的感受。經過流產，我與我的身體連結更深。少女時對自己身體只有諸多不滿，為什麼腿粗、為什麼小腹突出、為什麼體力不好、為什麼不能更有效率。對身體，我永遠都踩穩要求的分位，不要說信任身體，連傾聽、感受身體的機會都很少創造。我是傲慢的，以一種居高臨下的姿態批判著她。

踏上孕產之路，一切動力與身分開始轉換。如星辰推移日月升起，我是推算潮汐漲跌與觀測衛星的伽利略，一點一點用肉身測知證據，拼湊、推論出驚天動地的翻轉觀點：原來身體不屬於我，是我屬於身體。我沒有大於、高於、制於我的身體——事實上，從來都是我的身體支持我，帶領我，允許我存在於這世間，並體驗所有生而為人的歷程。這一生，若我想經驗什麼生死大事，還得聽從身體的時序，信任身體的帶領。這是唯一而省心省力的路。

我從沒想過我的身體有多好，流產了才發現她好。她好也不是比誰好，她好是一種順應就好。一次一次承接生命，一次一次揀選、篩放。她做得理所當然，如一套鑲嵌在作業系統裡的自動程式。我什麼都不用做，她自然運作；甚至我的庸人自擾，我作為凡人的不甘、挫折與憂慮，她還能釋出空間來消化。想起一邊血崩流產而一邊哭泣的時刻，真是不可思議，那樣淡定的身體，內外都支持著我經歷生命的特殊時刻而不以為意——如此強大的力量，顯然不來自於我的自由意志，來自於我的身體。

大暑後是立秋，盛夏後是收成的秋天。

流產不到一週就結束了。我去看了中醫，調整了運動菜單，跟瑜伽老師拿了兩瓶調養精油。有一部分的我還有硬頸的執著，但有一部分的我，生長出細微的篤定。牛命曾經降臨，天道與我的身體共運行。這是自然出芽的土地，我不需要去到哪裡，我就在這裡安心等待、滋養、灌溉。

待下一顆種子降臨。

不想寫作的時候做的事

教書以來常遇到學生問我寫作事。問學術寫作，問創作，其中核心問題不是關於怎麼寫，而是關於不寫。換句話說：我不想寫怎麼辦？或者，我寫不出來怎麼辦？

我往往是很遺憾地坦白（殘酷的）事實：我也不知道怎麼辦。我也常常不想寫，我也常常寫不出來。其實我寫那麼多，有很多東西都是為了逃避而寫。是因為不想寫論文所以跑來寫書評，或者因為不想寫書評跑來創作，然後又為了逃避創作回去寫學術論文。我是老狗沒有新把戲，很習慣文字，所以逃避寫作的方式，是換一個地方寫。這樣無所謂好或不好，人的逃避若是做菜、烘焙、逛網拍，也都很正常。那裡頭的動力都是逃避，也沒有說文字的逃避比較高級，逛網拍的逃避比較低劣。在逃避之前，人人平等。

不過，我與我周旋久，寧作我。我確實因為逃避寫作的經驗豐富，有很多心得。這些心得千金不換，值得分享。

其實逃避的心情一旦起來了，不要抗拒，真心逃避一陣子沒有關係。自從學成下山，自己行走江湖以來，我最討厭的寫作任務是改論文。尤其是投稿期刊後收到審查意見，在我們這一行，真是痛苦非常。不管經歷過多少次，每次打開審查意見還是會緊張不已，遇到不甚友善的審查人，一定是滿心怨懟。一邊呵護著自己破碎的自尊，一邊整合兩個審查人（有時候是三個）跟編輯的意見，給自己排出一份可執行的修改任務。然後就是漫長的修改。文章若不順，要換一個期刊投稿，所有等待與拖磨就再來一次。我常覺得學者鍛鍊的不是文采，是耐心、毅力、厚臉皮。我在這個過程裡有無數逃避。

逃避時我學習認真逃避。例如瑜伽大休息式，是我經常逃避時（其實這不是好習慣，請大家不要學，給瑜伽老師知道她會皺眉頭，因為大休息時就是要好好休息，尤其不要胡思亂想）。我習慣早上寫作，最好是一早起來什麼都不想，刷牙洗臉泡咖啡，砰一聲坐進椅子就開始寫功課。但早上一起來，就馬上面對負能量滿滿的改寫任務，恕我無能，臣妾實在做不到啊，因此最常逃避到瑜伽裡去。美其名是晨練提氣，實際上根本是借力使力。我若發ＩＧ限時動態，朗朗晨光、咖啡氤氳、檀香繚繞，一張攤開的瑜伽墊與一盆翠綠龜背芋，看起來很美，但其實背景都是心煩意亂、不想寫作的我。

拜日式兩三輪，三角式、半月式，伸展腿伸展胸，最後躺好休息幾分鐘。

那最後的修復體式，我都在專心逃避，專心一致地感受著，我不想寫論文我不想寫論文我不想寫論文，無限重複跳針數十次。翻來覆去地演小劇場：不寫論文會怎麼樣，不然我再延期，但也不能永遠延下去，還是不改了撤稿，但頭洗下去了也不能不回，何況換個期刊搞不好還是會遇到同一個審查人，何況我今年才發了X篇，這篇還是得發，哎呀那也不能再拖。哎呀不能再想，回來專心呼吸。

人躺在那裡，心緒去了很遠的地方又回來。有時還回不來。

但說來奇怪，專心逃避後，反而比較願意面對。我觀察過自己很多次，其實最後交稿的時間差異並不大，尤其是那些扎實艱困的任務——投稿頂級期刊、完成整本書稿——完成的時間點沒有太大分別。專心逃避，是慢一點，但還是會完成。我想越是艱困的任務，越是不能取巧，一分投入才有一分前進，還是得逃避完了才有真心的投入，那也才能有真實的前進。

說到底，不想寫作，最終還有個辦法，就是放棄。放棄從來都是個選項，只是人們好像不太願意承認它。但想想，人生諸事都有放棄的可能，為何不能放棄寫作？

我讀學生寫論文，常有的問題是不知所云。文字浮在一片混沌之中，不知道自己不知道什麼，也不知道自己想知道什麼。人若沒有求知的企圖，當然沒有創造新知的動力。有時翻來覆去聽學生講，我其實很聽懂那狀態，就是想交個東西了事，所以不斷探詢他人的標準，想知道如何可以過關。我覺得對老師而言，這是很大的誘惑：受邀而涉入他人的知識探索之旅，隨手指個景點，這對我而言非常容易，而且學生當下會很開心。但是，這其實是輕易放手了一次寶貴的機會。是我代他負起了探索的責任。失去機會真是很可惜，機會握在手裡的感覺無可取代，是一份珍重的責任，只要是自己做出的選擇，連放棄都會生出一股新的力量。

我有時很想老實地跟學生說，如果不想寫就不要寫了，甚至先暫停學業也沒有關係。先放下這幾次機會，不擔心，這世界對年輕人總是有一分寬厚，新的機會還會出現。如果資源允許，給自己一段時間空間，誠實地體會茫然、迷惘、恐懼；體會完了，知道自己在哪裡，再往下走，腳步會踏實很多，心情也會自在很多。但這種建議牽連甚廣，要給得很謹慎，因此至今我也沒有說出口過。

我想回來自己的經驗，其實往往是在決定放棄的當頭、逐步放棄的過程裡，真正理解了自己；又反而因為理解了自己，找到完成的動力。比方說發願要發頂級期刊，以前想的只是不能輸，旁人都以此為目標，我也要證明我自己。待機緣成熟，真的備好了材料去嘗試，必然是經驗諸多困難，英文不好、資料不完整、分析不漂亮、題目重要性不夠，族繁不及備載。試多了逐漸鍛鍊出眼光，知道自己手上原礦是什麼等級，要花多少時間琢磨——而也越來越認識到自己的興趣與能力，是不是有那份資本，又是否願意花那些時間琢磨？後來，一開題時就大概取捨清楚，這篇文章可以去哪裡，放棄哪個領域或等級的期刊。

一步步放棄，反而一步步踏實。因為知道自己做了可以有什麼結果，因此有動力持續地努力；而那些做了不一定會有結果的努力，也早有心理準備，知道自己是為了體驗而做，因此做了也不後悔。

學術產出是精密工藝，同時需要不可解釋的、天啟般的洞見，但又需要系統化的邏輯鋪陳、厚實的資訊堆疊。我覺得是左腦右腦同時發力，如周伯通般左手畫圓右手畫方，用腦又不能全用腦，用心卻不能執著；人在非常放鬆又非常專注的當下，才寫得出真實的好東西。

但這種發爐的狀態，修行不夠進不去，進去了也不容易保持住，最難的是可進可出，境界最高或者無所謂進出。我聽說美國法學界大儒凱斯・桑斯丁（Cass Sunstein）可以一邊看《星際大戰》（*Star Wars*）一邊寫學術論文，這是大師的境界，成道的修行。但我的道行尚淺，一點風吹草動都可以讓我退駕——咖啡味道不對、冷氣太冷或者太熱、鞋子還是褲子太緊，肚子餓或吃太飽，身體昏沉，如接不上電臺的老舊收音機，盯著螢幕手下流出的都是雜訊。這真是很痛苦。我這樣剛出師的菜鳥學者，反覆糾結的就是已經窺見過眾神的殿堂，但自己無論如何就是進不去。一縷幽魂般在外徘徊，日日夜夜魂牽夢縈，嘗試再次獲得上天的眷顧。

不想寫作時能做什麼呢？我現在的體會是，其實也不需要做什麼。最好的作品是天賜的神諭，優秀的作品來自天賦靈犀，平常的作品是努力成材。在這裡面，若是所有能做的也都做了，所有不能做的也還是不能做。寫不出來時就接受寫不出來的事實吧。

瑜伽三年餘

練習瑜伽也有三年餘。

我從瑜伽裡學到的很多，尤其奇妙的是感受到生命如流水。多數時刻涓涓細流，偶爾也有大水驚心動魄。情感思緒是伏流，在日常生活裡只看得見一層表面；瑜伽靜心時，難得能潛入意識深層，覺知流動與沉痾。因為練習瑜伽，我比較能感覺到自己體內的空間（絕大多數是渾噩一片），也終於如腳趾沾到水面般，偶然窺得內在之平和喜悅為何物（通常是走出教室的十分鐘後就消散）。

而這三年餘的旅程，最神奇的是見證了變與不變之間的循環變化。我不是有紀律的瑜伽學徒，平日依賴一週一次的瑜伽課，遲到落課也有，冬天也會失蹤月餘。但是瑜伽給我一份寶貴的信任——無論何時回返瑜伽，每次都是初生的當下，沒有批判沒有追悔。我慢慢有了信心，知道等待是合宜的，休息是正常的，積累依舊存在，流放了的無須執著。身體的變化需要等待，沒有等待，也沒有真實的變化。不變化是不可能的，生命的恆常就是變化；在毫無動靜之時，反而正是變化如春芽將興起之時。

人跟身體的緣分需要等待，雖然在等待的時候並不停歇。今年我等來了身體的突破——我學會了手倒立。

兩年前夏天，剛開始用兩張椅子做手倒立的練習。這是我心理障礙很難克服的體式。我覺得我胖，手臂力量不夠，下背與核心也掌握得不好。上牆時，若沒有老師同學在身邊，我沒有信心能自己翻上倒立式。不過瑜伽課不時興胡思亂想，老師示範完了動作，同學們一個個上，我也只好硬著頭皮上。

第一次手倒立上牆，心裡非常害怕，剛上去就想下來，但又不願認輸。瑜伽老師一眼看穿我的小劇場，踅到上下顛倒的我旁邊，對我說，「這不是個比賽。」我瞬間釋懷，無法點頭地點點頭，接受了今天就到這裡的自己，「那我要下來了。」老師出手將髖骨按向牆面，我的雙腳分別劃過半空下地，趴進嬰兒式安撫身心。

手倒立往往是瑜伽課的高點，不是每堂課都做，偶爾做。老師說，手倒立是瑜伽體式之王，是陽氣很盛的體式，做完了就要進入修復與休息階段，讓揚升起來的氣息散入血脈。我感覺老師也在觀察同學們當下的狀態，身體夠熱，精神夠好，節氣合宜，天降靈感，才會讓我們練習手倒立；所以，每次課至尾聲，老師指示拿兩張椅子做手倒立，我就緊張起來，但又不得不。怕的倒不是受傷，是懶，手倒立是必須全力以赴的練習，得完全地把精神、氣力提起來；也害怕展露自己，因為這類體式要帶著身體離開習慣的邊緣，人的性格無從隱藏，一翻身，偽裝就跟著地心引力掉落，心思意念都坦白展現。

人可以說謊，但身體不會說謊。心是什麼狀態，身體就是什麼狀態。每次做了這樣挑戰的體式，我回到地球表面都有虛脫感，彷彿脫了一層皮、穿過一層前世今生又回來，驚魂未定。

可能因為心裡一直很害怕，身體隱藏著抗拒，手倒立的進步也就蜿蜒緩慢。練習了一年多，瑜伽課甚至有同學可以自行上牆又自行下牆了，我還是每次都眼巴巴地等著老師來把我扛進倒立位。

我慢慢意識到，我不是做不到，我是不喜歡做，我沒有想要探索的意志，也沒有想要突破的意圖。我將手倒立設定為最困難的體位，有做到就好，沒做到也沒關係。我安慰自己，平常辛苦的事情已經夠多了，我不想再在練習接納的瑜伽課上強逼著自己突破。但反過來說了，我也從沒有真的信任自己的身體可以做到。我想像的強逼建立在示弱的前提下：我先假設自己一定做不到，凡是做到必然是逞強的結果——這是一場性格的現形記，我先是好勝不能示弱的假陽剛，然後是輕言放棄的假陰柔。

但或許，我的身體擁有另一種可能性，她其實擁有踏入新境界的能力。

我雖然害怕倒立位，但其他的練習倒沒有擱下；說來奇妙，看似不直接相關的努力積累久了，最終也促進了我在倒立上的突破。大疫之年，我在家過日子，按照自己給自己的功課，幾乎每天都能晨練瑜伽四十分鐘。下犬式做了幾百個，身體終究也習慣了內縮用力的位置；八肢點地也順理成章地練習上肢離心力。夏末我又加上一門體育課，是高強度間歇運動的肌力課，除了各種行禮如儀的胸肩臀腿訓練，教練特別喜歡讓我們在地上學各種動物行走攀爬，四肢不定是哪兩肢在地上。

再回到教室上課後，有一週，突破就這樣來了。教練叫我們靠牆直上倒立。教練那樣理所當然的表情，再加上同學也是理所當然的表情，我也跟著理所當然地靠牆上腿。

這一次，我輕鬆上去了。留在那個姿勢裡，我感覺到雙肩，背肌，內收上提的肋骨，還有放鬆打直的雙腿——我沒有感覺到辛苦。我第一次感覺到手倒立原來並不困難，甚至相當輕鬆，畢竟是抵著牆，牆面支持了大部分的重量。我的身體知道她在幹嘛。待夠了，她也順理成章地劃過半空，自行輕巧落地。

隔了兩天瑜伽課，老師又讓我們用兩張椅子做手倒立。我上去了。我又自己下來了。我的腦子無法理解，但我的身體很清楚自己何去何從。瑜伽三年餘，我抵達信任自己的位置，我什麼也沒做。

重點原來就是什麼都不做，讓身體自己做。

我雖然從瑜伽裡得到無數的好處，但其實做瑜伽的時候，不都是心情平靜安適時。多數總是心亂如麻、焦慮暴躁時；甚至是進入了瑜伽，才見到原來自己處於何種苦難狀態裡。

跑步的人常說，跑步最難的一刻，是出門穿上球鞋。我也覺得做瑜伽，唯一困難的時刻，是立意起身，進入瑜伽練習。我常在「我知道我該去做瑜伽」以及「但我現在就是深深沉浸在我的痛苦中不想動」之間拉扯。真有力量把自己拔去做瑜伽時，都是在谷底反彈處。煩躁的低谷已過，修行的意志力稍稍勝出，人終於願意自救。從無止盡的臉書滑行裡抬起頭來，擦擦精油，深呼吸，坐正挺直脊椎，伸展手臂，雙腳踩地——嘿喲一聲站起來。

鋪開瑜伽墊，上墊如上路，開始內在的旅程。

這上墊有時是為自己急救。我在辦公室工作，思緒經常卡關，尤其需要提醒自己用瑜伽靜心救急。在覺察到自己進入敷衍、膚淺、機械的狀態時，趕緊喊停，閉上眼睛，數算呼吸。腦中萬馬奔騰也沒有關係，let it go，let it go。這樣的練習十次總有八九次會真的睡著，睡醒感覺到真正的清醒，才理解到自己原來已經陷入了多麼混沌的泥淖。

上墊有時又是清理。生活裡資訊如大水來去，帶來好東西也帶來壞東西，有些資訊能吸收、轉化、昇華，但有些資訊就是累積、抑鬱、沉澱。陳年淤泥需要大規模工程清理，但平日固定打撈漂流物總是可以。

如果休息得當，我的週末總會有一個上午或者一個下午，特別想要打掃家裡（或者，是因為想要清理身體，因而啟動了清理房子的行動）。這是一種提氣向上的心情，願意跟身體一起工作。先做一點輕微的家事勞動，清理浴室，摺衣服，丟垃圾；家事機器全員出動，洗碗洗衣掃地機器人。整理完房子，點燃艾草絨薰香，燒去穢氣，接著清理身體。

先用花生球按摩背部，從上背沿著脊椎往下到硬硬的薦骨，再往下推按臀腿的肌肉。按摩是開發戰場，讓深層的某些痠痛浮上檯面；按摩後就是真正的練習。翻身趴上四足跪姿，感覺心裡浮起一組數字，三、五、七、九，這是今日拜日式的組數，做三組是動動筋骨，五組是日常練習，七組是夏日紀律，九組是用心拜懺。一組一組地經驗，感覺到大腿內側內塌，感覺到後腳足弓上挺，或者感覺不到與她們的連結。沒有感覺的時候就等待，深深呼吸，把注意力帶到麻木之處。

身體永遠是誠實的，一分投入便有一分回應。穩定練習的身體會有一種通暢的感覺，出力之處知道自己在出力，軟弱之處知道自己在軟弱。有些做得很熟悉的體式，會感覺到小周天般的氣力運行，也會感覺到哪裡窒礙難行。例如我在三角式裡，指向天空的手掌常有特別明顯的氣感，但也常感覺到頸背緊繃，想看天空卻不可得，雖有企圖做更深一層的扭轉，卻得先停留在這裡。

瑜伽老師曾說，「做瑜伽很多年的人，一回到瑜伽墊上，這個能量場就會保護她。」

瑜伽墊是一座異次元的空間，是一座天堂。只要我準備好了，願意回來，任何時候，都能回到自己，一遍又一遍地巡迴陪伴，一層一層地補氣補血。這是我費心打造的天堂，瑜伽這座世界會保護我，滋養我，支持我；也永遠歡迎我對她的投入與貢獻，一層一層向上向下，更加厚實飽滿。

瑜伽三年餘，進步越清晰。

進步不是線性的，也不完全是做到了什麼。雖然也可以從降低的體重、平坦的腹部看出明顯的進展，逐漸堅硬的上手臂、逐漸出現線條的背部也無法忽視。但模模糊糊地說，確知自己的進步是一種願意。願意一次又一次地重返瑜伽，而且越來越願意。在生活中無數卡住的時刻，我願意來到瑜伽面前，請求瑜伽的幫助——有時候是疼痛的下背，有時是人際的挫折，有時候是卡在辦公桌前明知已經後繼無力卻也無法放手，最多是對自己的否定與自卑。

有時候我還保有僅存的清明，帶領我自己回到瑜伽墊上。有時候我沒有辦法。但我不斷地練習。我感覺得到我越來越強壯，因為能夠自持自護，所以強壯。

疫情漸歇，人人都打了疫苗。同復實體上課的感覺很踏實，寬闊的教室裡，少少數人，是誠心跟著瑜伽老師修行的學生。我們同呼吸，意識凝聚，空間裡的安靜有一種厚實的質地。我想到三年前，我剛開始晨練瑜伽的舊教室，老師總是把窗戶打開，在我們大休息時點燃艾草。那個有風，有車聲，有汗氣與燃燒草藥氣味的教室，是我瑜伽旅程的起點。

現在我來到這裡了。

疫中修息

二〇二一，大疫之年。

對世界而言已經是疫波未平，疫波又起；但對於臺灣而言，這才是高潮迭起的一年。說來也相當奇妙，對許多人而言，疫情帶來許多變動，但對我，大疫反而是一段沉穩滋養的日子。人潛伏著，在熱氣與陽光裡一遍遍地做瑜伽，一層層翻出過往的情緒積累，一層層翻修清理。前後不過三個月餘，卻深入抵達了一種新的平衡。餘韻波動至今。我因疫更貼近自己。

立夏：家如修行的道場，身體也是

五月十五日，雙北升三級警戒。

週六中午，看臉書直播中央記者會，確診人數一〇八例。本來昨天就已經知道疫情嚴重，原本週末的課程取消，週五下班時就先把要讀的書收拾好帶回家，心裡覺得下週可能會先在家避風頭個三四天。沒想到就警戒升級了。

聽到消息時心裡鬆了好大一口氣。平常週末教課、上課、運動、參加活動，總是衝來衝去的，忙得不得了，現在想到每天都可以理所當然地待在家裡讀書寫作，真是有說不出的歡喜。盤算接下來的行程：本來下週的課程義務就較少，新竹的課前幾天已經確認了遠距，因此現在最大的差異就是每天可以理所當然不去辦公室。省去通勤的時間、奔波的精神耗能與事前準備，我默默期待一段安心定心靜心的日子。

於是下午花了三個小時打掃家裡。要在家裡工作，首要任務就是把家裡清理乾淨。

把棉被扛到頂樓曝曬，白色被單加上漂白水洗乾淨。地板拖整清潔，一邊感覺熱氣在身上慢慢累積，感覺汗水從身體各處慢慢冒出來。刷馬桶，刷浴室地板，用水管接水龍頭沖刷地磚拼貼的隙縫。光著腳在家裡踩來踩去，感受家裡一點一點地被洗刷清淨。被洗刷過的地方，變化不是非常大——本來也不是非常髒——但是有一種改頭換面的感覺。像是人抬起頭，把瀏海撥開來，有一種光亮的神色。

夏天已經抵達屋裡的每個角落，也抵達體內每個角落。夏天有一種炎熱但潮濕的能量，需要自身的汗水從內而外地清洗。隨著清掃抵達家裡每個幽微而無人注意的角落，汗水自然地呼應湧出，我感覺自己內部的煩躁也逐漸鬆動、流淌出來；因此洗刷的最後一步總是洗刷自己。勞動後用香皂把自己洗刷乾淨的舒適感，真是難以言喻。

家如修行的道場，而身體也是修行的道場。家事無止盡，如修行無止盡。以身體服務家事，是以身實踐，投入修行。

清掃是無庸置疑的體力活。封城的第一晚，看了一部電影，愉快進入睡眠。睡前迷迷糊糊地想起，入夏的那天清早約了朋友晨跑，明明是愉快的行程，前一晚我卻緊張到失眠。擔心遲到、擔心沒體力——今夏的關鍵字是忙碌與緊繃啊。沒想到在立夏後，老天給了個急轉彎。

轉個彎，夏天的關鍵字不一樣了。

小滿：克服挑戰之際，不要忘了肯定自己

夏天就這樣毫不保留地展開了。在家裡工作必須把握早晨的時光，因為書房西曬，過了午時陽光直射眼睛，整個下午逐日頭而居，躲避曝曬的光線與熱氣。

身體與心神似乎還沒有找到在家工作的節奏。

週六早上例行授課，是密集課程，學期已經進入尾聲，聽了三個半小時學生報告。下午準備晚上研討會的簡報，配合美東時間，研討會是我的晚上九點開始。工作六七個小時後，感覺到腦子很大，身體有用腦過度的不平衡感，也有氣力耗盡的疲倦。決定去拖地，身體經過些微的勞動有略為平衡；距離研討會報告還有兩個小時，決定做瑜伽。

先用按摩球突破布滿全身的緊繃。按摩球按在背上的感覺，有深度壓力被突破的痛。很快就感覺到全身熱起來，汗水從身體四處冒出來，熱氣蒸騰，衣服慢慢被汗氣浸潤，變得濕重。腦子還是非常擔心稍後的簡報，但是因為身體的運作，注意力被拉回來放在動作、肌肉上。一如往常做幾組拜日式，然後做半月式，如一艘船揚帆面向有微風的夏夜。先做右腳，再做左腳，感覺到左腳、左邊的平衡都有進步。

離開墊子後洗澡，在淋浴間裡還是有擔心的情緒，甚至想逃避。美國的研討會換算成臺灣時間總是夜正當中。原本就感到緊張的自己，更因時間感到不安，甚至想翹課。但是一邊也想，我可以take a rain check沒有問題，我可以這麼做；不過，我要跟生命請假到什麼時候？我擁有今天的生命，就是讓我去投入、去經驗更多呀。

帶著微微的緊張感開始會議。已經是第七或八次在這個研討會報告，近兩次都是跟著專書團隊，得到不少關注——每次報告總是會議前的恐懼最可怕，一旦上路，也沒有什麼。一旦開口投入報告與討論，心情就自在許多。我感覺自在最重要的指標是聽得見別人說什麼。聽得見別人說什麼，就不會害怕表達自己。多年來用英文表達自己仍然是根本的挑戰，在一遍一遍的挑戰當中，一次又一次地療癒自己的恐懼。唯有在恐懼現身時，療癒才有真實發生的機會。

會議很順利地結束。心跳仍然微微興奮，是延續一場真誠交流的餘韻蕩漾。

心裡暗暗地肯定自己——克服挑戰之際，不要忘了用力肯定自己。

更願意承認細微的恐懼，似乎與更願意肯定自己呈正相關。從這一次的報告離開，品味著成就感，回想過去參加這個研討會時巨大的不安全感——要長途跋涉，待在並不宜人的旅館，克服社交，上場報告時又諸多自我批判，覺得自己不夠好。心裡有很多消耗，卻拖著自己追求傑出的表現；發表了那麼多文章，心裡面卻非常自卑不安。外在成就與內在混亂不成正比，勢必無法久遠。

當生活最大的動能是恐懼與孤獨，不敢放掉控制，不敢享受生命——那真是辛苦的狀態啊。

第二天是週日。一樣是晨起做瑜伽，然後到書房開始翻書。週日照慣例不做研究，來晃晃讀讀寫寫自己的創作。

貓來書房吹冷氣，趴在窗臺上看鴿子，看完了窩進書櫃睡覺。睡鬆了，整條貓慢慢流出來，像一條液體的虎斑蛋糕卷。

在完整的封閉空間裡獨自閱讀，在書堆裡鬆鬆地晃來晃去，實為必要。靈感就是在這些看似無所事事的過程裡慢慢流過，如水涓滴，逐漸成河。論文拖磨期間，聽前輩說，論文寫不出來是因為心不定，心定靈感就會來——原來是這樣的道理。

心定是意識與身體都安居的空間與時間。安居是創造的基礎，其本身也是一項創造。這是我的書房，是自己付出努力整頓的家；當下則是上天賜與的一段假期，要人們安靜蟄伏——不可通勤，不可趕路——身心必須落定而身心得以安定。安定的心神是一片具有彈性的空間，我感覺腦後有一股向上拉提的空間力量。可以退後一步，帶著俯瞰的視角來閱讀。

隱隱感覺下一本書可以開始了。開始寫書時總是一片迷霧，只有隱隱的光芒。摸索著前進。前幾個月跟朋友談到寫作，講來講去講不清楚自己想寫什麼，講到連自己都生氣。那時終於意識到，不要再想像或描述了，任何作品在完成之前都是模糊的，就往前走吧。待創作開始成形，長出自己的生命，就無所謂小我的焦慮與挫折了，乘著一股意識之流往前航行。在旅行途中看不清目的地是必然，只需享受當下流過的風景。

心裡似乎有一種新的能量，新的活水在流動。寫作要累積，一點一點地累積。水流深，涓滴成河。

芒種：蔬果到家門口，得時豐盛

芒種是最喜歡的節氣名。夏天最好的就是芒果。好吃芒果種類很多，黑香、紅龍、夏雪、凱特、貴妃。夏日疫情正盛，大家都在家，芒果一箱一箱地買，樓上樓下地送。我家大門一直長水果出來。收了一袋，又長一袋。廚房架上隨時都有小半箱芒果，今夏我達到了芒果的財富自由。

期待多時的蔬菜箱也到貨了。最近一直想再訂蔬菜箱，翻找網路資訊，有些是沒貨了，有些是要等一週。疫情物流不穩定，要等也沒辦法，但是就覺得不願意，怎樣都想找到幾天內能出貨的。後來找到一家可以隔天出貨，興沖沖地訂了。不同品項組合的蔬菜箱，名字都取得很好玩，我訂了「滿面春風」，還送兩片面膜。

傍晚到貨。打開箱子，有芹菜，大陸妹，地瓜葉，紅鳳菜，茄子兩條，絲瓜一個，兩包菇。一時傻眼，這組合有好多都是我平時不煮的菜。大陸妹跟地瓜葉甚至是不喜歡吃的；前者我幾乎只拿來包燒肉，地瓜葉則有種黏稠厚重的口感，可能是小時候被劣質的麵攤燙青菜打擊過，我對地瓜葉隱隱有種創傷感，自己開始買菜煮菜以來幾乎從沒吃過。

不過收到一整箱蔬菜還是非常開心。把蔬菜好好放進冷藏抽屜，一排菇有肥厚的杏鮑菇領頭，鴻禧金針隨侍在側，抽屜底下是洋蔥，紅白蘿蔔，絲瓜，茄子，再來三包葉菜鋪在上方。我感覺自己有個庫藏飽滿的儲藏室，巡邏領地見地產豐饒，充滿安全感又得意洋洋。關上冰箱門回書房去寫功課。

蔬果箱也有人生的功課。人性喜歡控制，喜歡確定感，買菜也不例外；但控制會僵化，形成舒適但了無新意的小圈圈。現在想起來，每次上市場我反覆買的也都是那幾種，有很多蔬菜雖然喜歡吃但是從來不買，不敢自己做。原因無他，不喜歡踏出舒適圈。

蔬果箱是一整箱機會送到面前。沒吃過紅鳳菜，查了食譜用薑絲炒，一大盤黑黑紅紅的植物，吃起來確實感覺很補血。芹菜多年沒吃，用蝦仁炒，擺盤很美，但不知道為什麼有很強烈的苦澀味，分幾天當涼菜慢慢吃掉。吃的時候想起英諺，You've made your bed, now lie in it.

茄子放到最後才來面對。剛好看臉書上朋友分享家傳的魚香茄子食譜，先用氣炸鍋煸了茄子再下油鍋——這一點深得我心，因為我就是那種不敢在家裡炸東西的跛腳廚子，但不炸茄子我又心有不甘，因我喜歡顏色油亮的紫色茄子。依樣畫葫蘆，用水波爐先烤沾滿橄欖油的茄子。然後再起鍋，蔥薑蒜，絞肉，茄子，調味用豆瓣醬跟酒釀。酒釀是我絕對意想不到的用料，若不是偷看到別家餐桌的秘方，也不會意識到冰箱深處那盒酒釀還有除了煮湯圓之外的用處。另外還用一點椒麻醬——這也是私收的友情料理，麻辣香氣十足的小罐裝，我三十幾年來從不吃辣，唯有這罐朋友私房配方我可以吃什麼都加一點——魚香茄子至此香氣四溢。它比我想像中的乾一些，但非常好吃下飯。

夏天的晚上，邊吃邊流汗。

端午：大自然不待我做什麼，自然生發

端午節，吃粽子，立蛋。貓咪來滾了兩圈又跑回櫃子裡乘涼打盹。

聽說端午節陽氣盛適合清理，正中午要洗澡。剛好有買茉草皂，所以在正中午拆了一塊皂沖涼水澡。室友說要拜地基主，於是烤雞腿，加一顆粽子，倒一杯金萱茶拜拜（我媽看了臉書照片，說哪有人這樣拜，親像扮家家酒）。香慢慢地燒，香灰往下掉；家貓海梨仔跑來矮凳下打滾，沾了滿身香灰。似乎是跑來跟地基主玩，很可愛。這是一棟被祝福的房子（地基主偶爾扮家家酒或許也不錯）。

一直想自己綁粽子，今年還是沒有心力嘗試。訂了南港在地的粽子，聽說是計程車運將們會特意跑來吃的店家。南部粽跟北部粽各三顆，用電鍋回蒸，一吃覺得還是南部粽才是粽子。有栗子、香菇、蛋黃，還有肥肥的三層肉，糯米黏黏軟軟，記憶中粽子就是要整顆下鍋大水煮開。決心此後再也不要虛情假意地嘗試了——人的舌頭是忠心的民族主義者——以後只買南部粽（啊，但湖州粽還是可以買，它算是外國人，不在南北大戰的脈絡裡）。

居家防疫的日子也忽忽悠悠地過了月餘。

在山中宅居的生活，每天都充滿陽光與綠意。屋裡屋外相呼應，夏天是草木茂生的節奏。養了一年多的一盆龜背芋展開了新芽，偷偷掰開看看，這片葉子青生生，沒有裂痕，是很完整很害羞的整片翠生綠。她旁邊還有兩條新芽也在發展中。

養這盆龜背芋，命運有舛。最一開始是放在客廳角落，圖其大窗通風、陽光不直射。但是貓咪非常愛攻擊她，剛來時還是小貓，就不顧倫常、不知先來後到地抓裂新芽。那片芽後來還是順利長大，但上面的裂痕從來都沒有癒合。後來龜背芋到陽臺，時節很快進入夏天，先是烈日，後常有午後暴雨，也不是龜背芋喜歡的環境，沒多久大葉就垂頭喪氣。某天恍然大悟，其實可以把龜背芋放到瑜伽房。也有窗，不那麼通風，但也有間接陽光，有蔭，且最重要的是，沒有貓。

於是龜背芋就搬到瑜伽房了，沒多久就出芽。

端午看到芽開，很開心。暗暗地開心。盤盆芋還是有點歪歪怪怪，好像還沒有從過去幾個月的磨難當中恢復過來。但是不妨礙新芽出長。疫中大家都說可以在家養點東西。養花養草，甚至養菌，做酸麵包（sour dough）或者優酪乳。我覺得很有道理。植物出芽時令人由衷喜悅，知道大自然不用我做什麼——很可能尤其不要我做什麼——就自然生發。

放輕鬆一點，等時候到了，她就長出來了。而且長得很不錯，真好。

夏至：不間斷的重複，生出力量

夏至，瑜伽老師舉辦靜心半日的線上活動。

說來奇特，在山中靜居避疫，時間是大把大把地在手上，人是一動也不動地待在原地；反而心火越見清晰。我其實沒有任何地方要去，所有工作時程都可以自己決定，但每天時間好像還是不夠用。晨練瑜伽時趕著結束，午間小憩也充滿罪惡感，而且不知道為什麼，總是會拖到七八點才吃晚餐。

身體安定下來，才發現心有多麼焦躁不安。

夏至前後，心火特別旺，不管做什麼都沒有耐心，對自己尤其不滿。雖然沒有跟任何人事物起衝突，但清楚感受到心裡有一座爐火燒得劈啪作響。也試著日間沖澡，多做開胸體式，總是微有起色但難以維持。跟著瑜伽老師靜心半日餘，期間略有平靜時刻，但靜心一結束，立刻又感覺到煩躁火氣爬上來。

全班聯合同做一〇八式拜懺式。雙手環圓劃開往頭頂，合掌落下，至眉、口、心，屈膝落身，五體投地，雙手再合十至頭頂，至胸側再推地起身。雖是非常簡單的動作，持續不懈地做，也感覺到胸口與肩胛的肌肉被拉展開來，反覆再反覆至疲倦。由於是線上活動，透過小小的螢幕跟著老師的節奏，一直擔心漏拍，又忍不住暗暗抱怨，何時結束啊！因此也體會到修行真真實實需要體力，沒有體力，沒有結實的身體，細碎的挑戰就煩死我了。

突然想起人說持咒的力量，量變造成質變。鍛鍊還是要重複，不間斷的重複裡會生出力量。

老師說，夏日的功課是清理，祛除體內濕氣，心火旺盛時可以多做開胸的體式，散去煩鬱。即使又覺得煩躁了，也不要灰心。真實的修行其實是有一點進展了，反而又立刻出現挑戰。不要因此否定過去的累積。此刻繼續前行。

聽見這話時有很自然的淚水。因此知道是真理。

小暑：雖然肉眼看不見，卻真實變化著

時序進入七月，蟬鳴聲滿耳，清晨開窗，此起彼落的呼喊聲層層疊疊穿透空氣而來。彷彿聲音也有質量。

早上起床量體重，在家運動煮食的日子默默過了大半個夏天，我的體重也下降了一大截。雖是用心為之的結果，卻在這個過程當中，逐漸從身體習得了不同的生命形態。

過去兩年也經常想著要減重，卻沒有什麼進展。嘗試採用二十幾歲的成功模式，卻沒有辦法回到同樣頻繁的跑步菜單，也沒有辦法要求自己同樣頻繁地做菜帶便當。有前輩建議我，「其實放輕鬆就會瘦了。」我卻無法體會。減重怎能放輕鬆？

今夏才發現：逼著自己運動節食，其實都還是一種強迫，我從來都是用執念強押身體前進。但是身體自有邏輯，我雖可以測量得知她的狀態（也可以一起共事），但絕不能控制。我沒有嘗試過讓身體帶領的生活，而現在正是進行這個練習的時候。如果我能放鬆，允許身體伸展與發展，或許我能看到她真實平衡的狀態。

這陣子，睡醒時總感覺身體有一種自然的輕盈感。難以描述這種感覺，彷彿睡眠當中排掉了很多不必要的東西，肚腹自然平坦，背部有些從睡眠出來的緊繃，整個人有一種睡夠了的內收、瘦削感。梳洗後量體重，從緊張逐漸轉為期待，咦，不知道今天身體的狀況是什麼？體重原來是身體跟我溝通的一種訊息。

我的身形長期以來都是厚重的。現在才看清，應該是身體扛了很多不屬於我的責任吧。我很少接納自己真實的狀態。扛著過去、追求明天，不論心底真實的想望，只允許某些高大上的目標存在，甚至主導我的生命。所有懶惰軟弱無知困惑都不能浮現，我活在一個給定的假象裡。標準的打腫臉充胖子，於是身體就胖了。

這習性根深蒂固。幸好有這個夏天。我跟身體學習接納真實的自己。提醒自己，現在是修養的時刻，不要吃太多，不要拿食物當補償。去接受身體的感覺，覺得吃不飽也沒有關係，很可能這種微微的飢餓感，才是正常的。或許我長期都處於一種略為匱乏的狀態，只是身體代打，去承接了其實消化不掉的食物。讓她壓力小一點，讓她自然運作。去消化掉留存在身體裡很久的情緒與牽掛。

保持身體流動，不滯留不壅塞。讓情緒與體力都自然運轉。讓自己的生命自然地長起來。

這兩個月在家，也有機會專注觀察自己的月經週期，竟然發現了二十年來沒有意識到的韻律。月經的第一天會臥倒直接睡整天。接下來的第二天、第三天，會在上午與下午，分別出現一次到兩次斷電。一早睡醒的時候通常感覺都還不錯，但是隨著日常活動的開展，以及氣溫逐漸升高，疲倦感也逐漸蔓延。肚子隱隱作痛，情緒低落。我嘗試不同的方法舒緩低落的心情：例如沖澡，會帶來短暫清爽，或者雙手向上拉提，練習開胸的姿勢，也會讓心思稍微開明。但最重要的是，得接受自己躺在那裡休息，八風不動。

經期就是要休息。這麼多年來，我一直以為自己關鍵的休息就是那第一天，只要能讓我在月經來潮時立刻臥倒，隔日便能回到工作狀態。但其實不是。月經來潮如海浪拍打海岸，第一天是海嘯，第二三天是潮起潮落。波濤幅度雖拉長、強度漸緩，但仍然存在。以前我只是用止痛藥把它壓下去而已。我給自己下了個強暗示，每次月經都要留給自己完整的三天，最好四天，不工作，只是陪伴自己。

而生理期正式結束後，身體自然恢復到草木生發的節奏。做棒式時會感到胸肩手臂都充滿力量，英雄式可以穩穩地下踩——內在的英雄可以自然地浮現。坐在桌前，感覺到思緒清明，創作的能量集中如寬闊草原上歡快奔馳的羚羊群。這是身體的韻律。所謂自然，是有自然運作的節奏。是我要跟隨著身體工作，珍重地把握每一刻天啟天賜的心神。

回頭看自己這個夏天的紀錄，意識到身體的轉換沒有那麼快，需要休息，也要等待，允許變化發生。我心裡還是太急了。原本沉重的身體接受了新的挑戰，進入了新的、更活躍的循環。心裡是很願意的，但是身體需要時間跟上。其實減重沒有太難，只需要控制好自己的情緒，照顧好自己，讓自己維持在安適自在的狀態，盡量地跟自己在一起，就不會讓身體代償，身體就不需要出來補位，亂吃東西安撫自己。對照過去的經驗，現在的身體反應很快，不過兩個月，就減去了上一輪五個月減去的體重。我很確定是同時仔細關照情緒的作用。身心一起朝新的方向邁進。

現在是提升自己身體系統的時候。最重要的是給予身體時間與空間改變。所以，不要用過去那種評量自己的方式，來理解自己的成長。很多工作是眼睛還看不見，卻真實在發生變化的呢。

大暑：鍛鍊一份願意，願意經驗辛苦

依舊是七點出頭自行晨練。七點的陽光略為斜曬，雖然已經是中氣十足的早晨，但仍然有一種溫和的表情。這時的早晨讓人感覺很清新又很充裕，新的一天正要開始，彷彿提早一步擁有這一天，是時間的富翁。

這週順利早起的時候多了，身體似乎逐漸習慣了六點多醒，為了七點的瑜伽練習做準備。

練習是固定的。做九組拜日式，然後是三角式，再做半月式或樹式，接下來用兩塊磚塊做躺著的開胸，最後用橋式，或者臥英雄結束練習。總是在拜日中間開始出汗，但是汗的頂峰是三角式。全身性的扭轉會帶來大量的、奔流的汗。

觀察自己的情緒，似乎總是在三角式得到更多的安靜。不確定是不是因為身體的挑戰較大，所以內在猴子不太能蹦蹦跳跳。也或許是雙腳已經在下犬時獲得了很多預備，更能深刻地紮根，因而更能體驗翻轉而開展向天空的力量。總之是在三角式達到身體經驗的高峰。

後面的體式似乎都潛入更深層的安靜狀態。樹式經常是我進入修復體式前的最後一個動作，接在三角式後面，單腳站立、雙手高舉抱過頭，此刻賁發的汗漸歇，特別容易感覺到靜室裡空氣的流動。真感覺自己是一棵迎風站立的樹，在山頭，看見很遠的綠，細緻的綠。心裡很安靜，如綠一般的靜。

一般週間也會跳過一兩天，不晨練。沒有練習的身體較為沉重，吃東西比較不能控制，不那麼願意喝水。會需要用比較強烈的味道來引發自己進食，雖然身體也不一定能夠消化——例如早起喝咖啡。其實也不一定那麼想喝，但就是會想用咖啡來開啟一天，甚至會一喝再喝。相較於晨練後會自然地願意喝水，甚至會感覺到咖啡過於強烈。

週六早上固定上瑜伽課。能夠把身體交給信任的老師實在是很好的一件事，我一上課就完全把身體的責任丟出去，還原到懶惰的真實本性。如果週六之前沒有晨練，偏移了練習的身體，早上會有叫不回家的感覺。這時就依賴老師把身體帶回家。

瑜伽讓身體進入較為深層的平靜，獲得更多空間。近來體會到，能創造出內部空間的原因，是因為主動願意用身體去經驗辛苦。那些我在練習中感受到的煩躁，挫折，厭惡，罪惡感，迷惘，其實一直都存在，只是因為此時有機會專注地與它們共處。身體有許多小小的僵化、糾結，乃至於卡死的地方，終於在瑜伽的時候，獲得一個專注拆解、整理，乃至於融化的機會。

瑜伽課時常在很簡單的動作裡停留很久，甚至諸多動作看起來根本也沒有什麼難度。但是一旦進入練習，才會感覺到那動作裡有一層層差異。甚至是輕看了動作，以為不過是轉轉肩膀，但一轉動起來，才感覺到自己有多麼僵硬，甚至不願意改變這個僵硬。即使是微小簡單的轉動，都可以感覺到身體的痛苦，抗拒抱怨著，「不要動，讓我維持在麻木的僵硬吧，不要再轉了。」

此時必須專注而緩慢地施力推動，讓原本乾涸的河道重新獲得流水，先推開亂石磊磊，清出一條空間來，然後再保持施力，將活動的能量引導進來。我認為這種活動的能量是對自己的愛與照護。說簡單了，只是願意。

有時候也會感覺到動作是全然的陌生。如練習下腹的V形體式，以及蝗蟲式的各種變形。最近上課時練習不同的開胸動作，將雙手放在背後，肩背雙腿向上。因為不熟悉，可以感覺到身體的困惑。但開胸的新動作對我而言比較沒有不願意，只是不習慣。因此有時也可以感覺到身體對某些事情是願意支持的，某些事情則保存了抗拒。瑜伽的教導向來是不批判，無論是願意或者抗拒，瑜伽做的只是保留一種專注，專心地感受。

夏日早起總是容易很多。過去兩年的七月，都有過晨起成功的一段日子。不知道今年夏天還剩下多少長日照的日子？會不會體驗到與太陽一同起床的夏間晨練？如果能在日出時分練習拜日式，一定是美好的經驗。

立秋：不要害怕休息，不要害怕結束

才想著不知道還剩下多少夏天？進入八月，赫然發覺馬上就立秋了。

天氣依舊炎熱。逐漸回穩的疫情，身邊的大家逐漸都打到疫苗了。各種實體活動回溫，我也準備好要回到辦公室工作。過去一週相當努力地完成各項目標，甚至接到了一個面試的好消息，是實體的面試呢。看來在宅勤務的大疫之夏，在各種意義上都步入尾聲了。

於是，今天不知為何變成了大掃除的行程。起床後到廚房泡咖啡，做煎餅。本來想趕快回到樓上運動，運動完來進行慣常的寫作；後來感覺到心裡沒有真實的意願。真實的意願是清理。

雖說秋天已經有個理論性的開始，但天氣還是無庸置疑地熱，稍微一動，不過彎身刷馬桶、跪著撿頭髮，沒幾分鐘就感覺到汗珠從軀幹各處流出來。家裡有三間廁所，刷三個馬桶下來，大汗淋漓。一邊刷洗一邊想前幾日的瑜伽課，老師說鍛鍊平等心。瑜伽練習中，有些動作對當下的自己是輕鬆的，喜歡做的，有些動作是辛苦的，甚至不想做；觀察自己的呼吸在輕鬆的與辛苦的動作之間如何變化，然後嘗試著維持同一種呼吸。這就是平等心的鍛鍊。

我突然意識到生活中諸事，我其實沒什麼平等心。覺得寫作讀書是高級的工作，而家務勞動是低等的工作；讀書寫作當中又再分等第，學術工作是高級的工作，而創作是低等的工作。寫日記則是支持自己的工作，在情緒穩定——或者願意接受寫作來幫助我穩定情緒時——可以做的工作。總之，我對待自己是沒有平等心的，簡直不敢想平常待人處事，怎可能有平等心可言。

這關於平等心的思緒，飄然來臨，又飄然離去。刷洗廁所時總是有很多靈感，尤其是用大量水流沖刷浴室角落的時候，會有一種翻動細節而徹底清理的安全感。實在說不上來用清水徹底清洗過的廁所，與僅是擦掃過局部的廁所，究竟有何不同——但我確知不同。待水痕乾後，推門進去的感覺就是徹底不同，在陽光下有一種安靜而就其位的安適感，好像什麼都跟幾個小時前一模一樣，卻也是大不相同了。知道有一間乾淨的廁所在那裡，不知為何，給人很大的平靜與安全感。

刷完馬桶後，清掃廁所的尾聲，總是以刷洗三樓的淋浴間作結。玻璃點點水漬和細碎石磚的縫隙，半跪半蹲著刷。刷到最後自己也半身濕透，於是刷淋浴間的終點，永遠都是脫掉衣服也把自己刷洗一番。

換上乾淨的衣服，喘一口氣。從瑜伽間找出焚香的小缽，燒艾草。

艾草絨是土綠色的絨氈，一整片蓬蓬地放在袋子裡。拉一小塊出來，放在缽裡，點燃之後輕輕地往小缽裡吹氣。艾草絨邊緣的火燒紅線隨著空氣進入而推展開來，燃燒過處成為輕巧的黑色。那些燒盡的艾草灰燼也會飄起來，輕飄飄地，落在手上、地上。燒艾草的一點點星火其實很容易熄滅，我會盯著它，不時吹氣，一邊在家中四處巡走，讓艾草煙薰過角落。我其實沒有特別喜歡艾草的氣味，但艾草是純陽之物，能夠淨化空間。在廁所浴室濕重之處，燒蠟燭、焚香，總會覺得明亮溫暖許多。

把艾草絨放在二樓廁所內側，拿一扇電風扇對著門內吹。沒有直接吹到那小缽，但空氣流動，也讓艾草絨微微發紅，香煙裊裊。我看著緩緩燃燒的小缽，想到凡事也不需要直接用力。開一扇門，讓風進來，空氣自然流動，就給了生機。我老是對著小缽吹氣，還得捕捉四散的煙灰。說到底，這仍然是一種控制的心情，想要確認自己的行動有實在的效果。

但其實讓開身體，讓風流動，這緩慢的燃燒，效果還是更好一些。

望著艾草的點點星火，我想到，不要再逼迫自己進步了。逼迫、控制，是我根深蒂固的習性。這個夏天，在各種因緣成熟時，獲得時間空間面對——而即使是惠我良多的瑜伽練習，我也還是緊握一種逼迫。逼自己晨練，逼自己完成固定組數的練習；那逼迫的狀態不是必要的。

我還站在原初的起點。這趟信任自己的旅程，才剛開始。再對自己寬容一點，放鬆一點，信任自己的身體。讓信任自然地流動，愛輕快地跑出來了，乘著它去做對自己有益的活動，是很自然的事情。做多了、做久了，儲存對自己的愛，再有愛分享予他人，也是再自然不過的事情。

所謂愛原來不是去做，而是單純跟自己在一起。填滿行程不一定是愛自己。

等待自己一下，信任自己會完成一切需要完成的事；而沒有完成的，就是現在沒有完成的事。這是一種新的跟自己的關係，我繼續體會，繼續學習。

輯二／生

有身之年

寫這本書時我經歷了第一與第二孕期。以懷孕前七個月來說，我懷孕滿舒適。一般懷孕遇到的苦惱都有，但都輕微。脹氣有，但孕吐沒有。便秘有一點，吃益生菌就改善。疲倦、想睡當然有，但不至於影響生活。因為低調懷孕，生活圈固定，沒遇到什麼指手畫腳的路人，同事老闆也都很支持我為國捐軀，心情一直都很自在。

其實懷孕前是怎樣的人，懷孕後還是怎樣的人。懷孕沒有根本地改變我，懷孕頂多是暴露了我的真相。這一點我有深刻的體會。

首先是性格。懷孕前我就懶，懷孕後還是一樣懶。反而是懷孕後可以不掩飾我的懶。

一直以來我就是很宅的人。每天最喜歡的時刻就是回家躺好追劇。比較苦惱的只是年紀越大越不能看垃圾肥皂劇，好劇又轉瞬即逝，因此躺好之後總要花一段時間選追什麼劇。剛懷孕時是年末，天氣慢慢冷，分不清楚是黃體素還是氣溫影響，人昏昏欲睡，早上工作三四個小時，中午就迷迷糊糊睡。後來孕中期，適逢春季開學，平均每週要跑新竹兩次教課。備課、早起、通勤再講課兩三個小時，說起來是滿耗能的。因此出門一趟回家後就是躺平。本來還期待自己下了課可以做點研究，做不了研究也起碼去運動——後來放棄。人有活著就好。能站就不走，能坐就不站，能躺就不坐。我本性是小海豹，也不要假裝自己是奮發上進好青年。我甚至在孕期意識到，過去多年奮發向上的努力，或許是我用以掩飾自己本性為小海豹的策略。

不過，同時，我依舊是有企圖心的性格。懷孕前就是這樣，懷孕後也還是這樣。這倒也是完全沒有變。

確定懷孕時既是年末，剛好也立新年目標。這兩年慢慢疏通之前的作品，慢慢出芽。本來就想好二〇二一年要寫三本書，學術論文三篇，再生個小孩。三本書聽起來雖多，但博士論文改寫成書是念茲在茲的任務，時至此，應當推進；散文一本，簽約已久；再一本書想探索孕產，也找好編輯打過招呼，趁著懷孕生而逢時。三篇論文也是各有累積，有合作夥伴。因此看起來多，拆解了看也不算誇張，只是要心無旁鶩，全力以赴。於是懷孕時還是跟沒懷孕一樣，每週列了工作清單，一項一項做。正好春季又是面試的旺季，東南西北跑了好幾個大學面試，還遠距面試了海外的學校。學術面試很耗心神，從試前準備到試後等待，都很需要抗壓與彈性。加上一般教課、客座演講、審查文章、參加研討會、跟學生會面、改考卷改報告、給出版社寫書評等學界諸事，每天都忙得不可開交。

工作多的當下，其實也沒有力氣想累不累。就是做，然後累，然後睡，然後醒來再做。情緒累積起來的話，就找人哇啦哇啦地抱怨，到瑜伽課上呼呼呼呼吸氣吐氣，不然就是跟重訓教練說要練腿，跟按摩師說要按胸按背。練腿的性價比真的非常高，只需半小時，人已經去過天堂（或者地獄）又回來，根本不記得平日的壓力煩擾，只覺得雙腳能踩平在地上，已是萬幸。

我的懶惰跟野心共存已久。以前我是多多壓抑懶惰的自己，只允許自己的野心出頭。備孕懷孕以來，野心退讓不少，身心反而平衡多了。懷孕滿六個月，我的體重甚至比疫前未減重時還略低。是因為情緒不那麼淤積，身體可以專注處理任務。心裡放下包袱，身體輕鬆許多。

再來是生活習慣。吃喝拉撒睡，其實人一生，能吃能睡能大便，就是人生勝利組。

懷孕前我吃東西就是興之所至那一型，想吃的東西可以在一兩週內反覆吃不厭煩。例如喜歡煎餃，就會拚命找麵館子來吃，韭黃韭菜、豬肉蝦仁，從鍋貼專賣店到東北酸白鍋，凡是看來會做煎餃的店都點來吃吃看。又例如鍋燒意麵。很奇怪，在臺北不太容易找到好吃的鍋燒意麵，在高雄明明是早餐店、小吃店都遍地開花的家常菜。後來在辦公室附近難得找到一間好吃的鍋燒意麵，可以選沙茶湯頭、選肉品、加蔬菜，我每週吃兩三次不膩。

這種習性在懷孕後也是一樣的。有一段時間想吃義大利麵，就老是在找義大利麵；想吃薯條，就老是在找薯條；想吃壽司找壽司，火鍋找火鍋，粥找粥。因此，凡是有人（帶著同情的眼神）問室友，是不是遭逢過一段半夜開車出去找特定宵夜的苦日子，室友通常是咧嘴一笑。這種日子他本來就過得很習慣。平日訓練有素了，倒沒有因為我懷孕而特別辛苦。另外我有壞習慣，吃東西不吃完推給室友吃，這也不是懷孕才有——懷孕前是怕胖，吃美味的東西有罪惡感，因此吃到剩兩口會覺得不行不行要節制——懷孕後不那麼怕胖，如果有胃口把東西吃完，反而會清盤。總的來說，室友並沒有因我懷孕而多擔待（吃）些什麼。

至於喝東西的習慣也改變不大。懷孕前喝咖啡，懷孕後也喝咖啡。咖啡真是一般人對孕婦飲食最有意見的標的之一，雖然理由不一。傳統者擔心小孩皮膚會黑，養生者認為咖啡性燥太刺激，另有大呼小叫者，他們也不知道自己為什麼反對孕婦喝咖啡。我後來都一本正經地對人說，這是我早上起來都要吃的藥，已經吃很多年了，在美國養成的習慣。這話句句屬實，真心不騙，至今只有一個具實證精神的人湊過來聞到底是什麼，發現是咖啡後哈哈大笑。從此沒有人煩我。

身為學術底層工，心有懷孕到底能不能喝咖啡的疑問，標準動作當然是找論文來讀。結論是一日有上限咖啡因三百毫克——兩杯中美式都還妥妥在範圍內——超過此攝取量，則眾多研究莫衷一是。有研究發現會影響流產與胎兒體重，但也有研究未找到證據；所謂證據即統計跑起來相關性有無顯著。那麼，身為本來就謹慎詮釋相關性的學術底層工，咖啡從此被我認定為文化敏感食品：本身未必有實質傷害，但文化上有負面觀感。

此時還是相信自己身體感覺最好。孕前我已經認識到自己喝咖啡是習慣，不是需要。喝一杯很不錯，兩杯有點飽，三杯不可能。其實年紀大了，要吃喝真正有能量的食物，於是喝咖啡要看是誰泡的、看情境。因此多是自己在家泡一杯，邊摸貓邊喝，或者在信任的小店買，支持在地店家，再不然就是喝朋友手沖的咖啡，收其愛心。每週另有一兩次是趕高鐵的時候喝，喝一種儀式感。翻來覆去怎麼也喝不過兩杯。我想小孩生出來應該皮膚還是會滿白的。

再來是大便。懷孕後常跟身邊的人談論大便。懷孕最特別的一點就是身體恥度漸開——不開也不行，懷孕就是以我為器，小孩要經過、穿過、吸過、咬過、爬過、踐踏過我，再加上這整個世界都會因為我當了媽而自以為義——我還是開始練習心胸寬大，身體敞開。從討論大便開始。

其實懷孕對消化道的影響巨大，可謂內外夾擊。一方面是賀爾蒙改變。懷孕時身體會分泌黃體素，降低子宮收縮的速度；而消化道跟子宮同為平滑肌，也同時受到影響而鬆弛。這是為什麼腸胃消化能力在懷孕後變差，而食物在腸道內時間拉長，產生大量氣體、水分，孕婦就脹氣跟便秘。另一方面體內物理空間有限。隨著子宮脹大，可憐的腸胃就被擠到上方了，沒空間做事的時候還是要做事，當然不舒服。

本來我的脾胃就不算強健。以前壓力大時會胃痛，吃東西也容易拉肚子，懷孕更影響其系統穩定性。一直到孕中期胃口都還很謎，不餓也不飽，有時一天甚至只吃得下一餐正餐。孕前很少便秘的我也曾經猜想，便秘真的會發生在我身上嗎？答，會。懷孕初期脹氣，撐著一顆硬邦邦的肚子，很多天都不想上廁所。後來祭出清腸胃神器，早餐店大冰奶，才有疏通。懷孕中期居然真的便秘，在廁所裡苦不見伊人來。我記得有幾天是趕著要上課，馬桶上無語問蒼天，只好捧著滿肚子大便去上課。

棘手的不只是便秘，是便秘疏通之後，那車載斗量、層出不窮貌，令人不知如何是好。孕間我去瑜伽練習，吃素兩天又大量靜心，體內氣血暢通，下行氣盛。腸子像是突然醒來打卡上班，清倉出貨，積極得不得了。開車回家路上，汛期說來就來，我捧著肚子衝向路邊的便利超商，開門太急，還差點打到後面的機車騎士。我深刻感受到古人治水不易，這黃河之水天上來，推波助瀾、泥流潰溢、勢不可擋——這一檔期還以清洗別人家馬桶與地板作結。清理時我的情緒沒有什麼糾結，孕產果然是接受人生失控的開始。我想接下來很多年，我應該總是會在清大便。道在屎溺中。預先練習。

後來閨蜜介紹我吃益生菌。也吃酵素糖。吃了幾天，收支平衡。因此又有新體會：洪荒之亂，是洪是荒，還是得從日常疏通做起。

最後是睡眠。懷孕期間睡不好，是很多人的共同經驗。我還不到肚子最大的第三孕期，因此不知關鍵時刻究竟如何。對我而言，睡覺不算太大問題，主要是半夜跑廁所頻繁，加上很容易累，所以越來越早睡。九點多就昏迷也是有的事。而早睡就會早起，早起左右無事我就是開電腦趕工作進度（因為前一天的進度常常沒做完）。早上六七點開始動腦，很自然地過午就累，因此下午幾乎無生產力可言，又是早早收拾河山宣布休兵。

意外又成了個晨型人的好處當然很多，不方便之處也有些。好處是清晨終究適合創作。頭腦清晰，能量乾淨，我自知下午晚上寫的東西都沒有早上寫的東西好，而一天的早晨只有一次。我的工作每一件都跟文字有關，總不可能每份文字都是一大早寫。因此更加珍惜那一咪咪清澈的寫作能量。每天醒來就想，啊，這珍貴的晨間文字，今天要給誰？至於做晨型人的壞處當然就是晚上幾乎無法安排行程。舉凡跟北美開會啦、各類課程或朋友聚餐，夕陽西下，緣分淡薄，愛睏人在天涯。幸好大家都知道懷孕愛睏不是人能控制，多能體諒。

懷孕是女人的終身大事。在我看來，是女人力量的源頭之一，也是女性的特權。這世界上沒有什麼事情女人不能做的；反而有些事情還只有女人才能做——懷孕生小孩正是如此。

抱持著實證精神進入孕產之途，心想此生總要運用子宮幾次吧；我也頗為忐忑，不知道自己會不會因為懷孕而失去什麼？目前心得，自我中心穩固，終究是人生正道。我的生活還是跟以前一樣，有很多部分可以自己掌握，也有很多部分自己無法掌握。想做自己趁現在，孕前孕後沒有好壞時機，只是立意起行之別；不能控制的部分就是功課，學習放手、學習信任、學習接受、學習冒險。

人生的奇蹟往往在冒險裡發生。新生命當然是奇蹟；冒險在所難免。不也正是因為對冒險有所渴望，才會選擇踏上征途嗎？

把貓愛起來

寫這篇文章時，貓剛踅進書房裡，一股腦躺下，在地上左右磨背，左括號、右括號，然後兩眼發直地躺好。

兩隻貓剛來時還只有一點點大。是路上救援回來的浪浪奶貓，在朋友家養強壯了，我才認養。一胎三隻的奶貓，第三隻沒有誘捕到，就是這兩隻橘子兄弟相依為命。哥哥個子小一點，斑紋明顯；弟弟則骨架大一點，通身渾橘。

貓來了要取名。某日跟朋友聊天，她說不如一隻叫海梨仔，一隻叫椪柑。柑橘品種，臺語發音。一聽覺得很好，正好一小一大，從此定案。不過依情境也有不同叫法，如親暱地喊海內呀，或者傻眼地喊蹦柑啊！貓很快就知道自己有名字，有時裝沒有聽到，但凡是喊吃飯喊玩，全部都聽得懂在叫誰。

兩貓慢慢長大。海梨仔還是小一點、軟一點，椪柑大得快一點，皮毛也粗一點。十隻橘貓九隻胖，還有一隻非常胖，這是貓奴都明白的道理；但大橘不是一天造成的。小橘貓也有瘦長時，尤其是半歲多，已有貓的架勢，但沒有橘貓的體態，在家裡四處行走，拉長身子如一條蛇般探頭探腦，非常可愛。

因為是浪貓出身，所以一開始不太親人，要抱要摸都碰不著。還沒有建立信任感的時候，連吃東西都不敢在人旁邊。一切都是漸進式的。先是放乾乾在碗裡，人出門，讓貓咪安心吃飯；後來人賴在房裡，看貓咪戒慎恐懼地探頭吃飯；再來是人躡手躡腳蹭回貓碗邊，貓邊吃邊回頭哈氣，偶爾可以摸到一點背毛。總之貓不喜歡人碰，多半是隱忍，偶爾出手抓人。於是人貓終究得對決，建立權威關係。

貓爪長到不能不剪指甲，便是對決時。把貓放進平常做瑜伽的小間，我與室友輪流，一人負責一隻。我負責海梨仔。海梨仔性格其實相當溫和，給他毛茸茸鼠尾草會細細伸手調弄，很少齜牙咧嘴撲殺什麼獵物。但是他不習慣人，不知道人愛貓的好處，人若嘗試捉他抱他，他會大張旗鼓地哈氣武裝。第一次要給他剪指甲，我穿戴好長袖外衣機車用手套，做足心理準備。

「妳不要怕貓，妳怕他他也就怕妳，他怕妳就會抓妳。」

這是養貓長輩的警語。

「養貓跟養小孩一樣，小孩要教貓也要教，不可以對爸爸媽媽不禮貌。」

至於怎麼教？

「念他啊，他跑掉就抓回來繼續念，念到他受不了就會乖了。」

碎碎念，對人的伎倆皆可對貓。

我跟自己說，沒有道理我制不了一隻貓，我大他小，而且我是智人他是貓科，演化上，我的物種已經完全勝出。在這個屋簷下，貓若還自行其是，享家貓的威福卻不負家貓的責任（即翻肚摸摸裝可愛），也是不行。不教而殺謂之虐，今日就是教養日。

貓放進小間，感覺到我發出的肅殺之氣，嚇到不行。先是哈氣唬人，再來伸手抓人。發現損敵無效（感謝機車手套），縮成一團發抖，雙耳往後貼近頭顱，是臣服的姿態。看貓這樣其實好氣又好笑，剪個指甲而已，不是世界末日。因此一邊把他的小小手指推出來——指甲真的很尖——一邊安撫，不會痛啦馬上就好，你看真的不會痛，好了剪完了。剪完後放出門，貓一溜煙逃走，一股驚魂未定的能量在後蕩漾。

後來貓就慢慢聽話了。經歷恩威並施的過程。有一段時間，我一靠近海梨仔，他就嚇得雙耳貼臉全肚貼地。這畫面若有旁白，必然是「老大不要打我」。我因此認識了自己原來是君主論裡的獅子。我想貓怕我，也是不錯的起點，會怕總比不怕好，且馬基維利早在十六世紀就說了：「君王對於殘酷這個惡名不必介意，被人畏懼比受人愛戴是安全得多的。」

重要的是我拿這恐懼做什麼。我把握機會，給海梨仔下了一系列指示，諸如給摸給抱才是好貓貓，家貓貓對家的貢獻就是可愛；並輔以大量零食招降。海梨仔非常喜歡吃某種濕濕的夾心小餅乾（但對肉泥沒有太大興趣），我用小餅乾成功招呼他來身邊多次，他得一邊吃一邊躲我摸頭，很忙。伸手捉他不再出爪，頂多瘋狂扭動想下地。

有天晚上，我突然抱到海梨仔了。我穿著夏裝薄衣，把他抱近胸口。他沒有抓我也沒有生氣，臉上明白寫著逆來順受四大字。這貓對於人抱抱不甚熱愛，但從此，他是馴了。

疫情來時，貓也長成發情。剛宣布在家工作的那一週，兩貓前後發情，不分

日夜地嗚咽，吵得人受不了。我也在此時晴天霹靂地發現，海梨仔原來是隻母貓。

雄貓腳撲朔，雌貓眼迷離。雙貓傍地走，安能辨我是雄雌？直至發情日，海梨仔扭起屁股來才知她是大姑娘。雖是女性主義者如我，也不得不趕緊把她關進客房，深恐女兒懷孕，顧不得貓咪的性自主權。原來以為是橘子兄弟，原來是橘子姐弟；雙貓必須隔離，不然一覺醒來，莫名其妙做了阿嬤事小，接下來隔代教養五六隻小奶貓如何是好？何況疫情不知何時消歇，全屋人（貓）口暴增，想想全屋飛貓走壁，遍地橘花，我就頭大。

整夜椪柑都在客房門口徘徊。海梨仔嗚嗚低鳴，不斷撞門。我感覺很錯亂，彷彿自己是古時候狠心的母親，隔絕年輕愛侶重逢。但不是吧！椪柑，那是你姐姐啊！

隔日趕緊聯絡獸醫做絕育手術。花了好大功夫才把兩隻貓咪騙進籠子。在獸醫院海梨仔一臉怕，椪柑一臉不服，打了麻醉才逐漸軟化。半天後來接，兩隻貓暈陶陶，回家後趁麻藥未退給他們戴了頭套（椪柑已經略醒，很不願意戴），摸頭細聲安撫一番。海梨仔甚至願意被抱上床，在人旁邊睡了幾個小時。一副大病初癒、虛軟無力的樣子。

兩貓至此，我感覺是跨過了很大的門檻，走上了家貓的旅途。

家貓的好處自然是享受不盡。貓很快就發現廚房是食物的根源。人上桌吃飯，貓在桌下等。後來變本加厲，菜上桌時貓都要先來看一下吃什麼，甚至，人一進廚房，貓即無聲而至，蹲坐門口虎視眈眈。我家的廚房門口很小，做菜時，常感覺背後有灼灼眼神。一回頭，從不意外，兩貓四眼，一高一低，癡癡定定地投射而來。現在做飯壓力很大，一個人做飯，另一個人必須在餐廳坐鎮，不然貓會叼了各種肉走。人又大呼小叫滿屋子追貓。

室友常在家工作，某日中午給自己做了鴨胸三明治，三明治包在烘焙紙裡整欉好好——貓一樣整包叼走拆吃落腹。室友一路追貓追進貓砂盆，眼睜睜看貓在砂盆角落吃掉了他的七分熟鴨胸片。貓的哲學是肉到眼前絕不鬆口。

貓喜歡吃肉。各類蛋白質都喜歡。養了這兩隻貓，我才發現原來貓喜歡吃蝦；我本來不知道貓也吃除了魚外的各種海鮮。某天晚上炒了啤酒蝦，上桌後進廚房繼續忙，一回頭發現盤子裡的蝦數不太對。一抬頭，海梨仔在客廳捉著一隻東西吃得擠眉弄眼，一路有湯漬，這已經是她吃的第二隻蝦！連蝦殼都吞吃抹淨！

貓的嘴越養越刁，跟著人吃遍好店。比方說，美福食集年中慶，我跟室友訂了一批牛排。這純粹炙燒的肉感非常誘人，貓眾暴動，爭取免於嘴饞的自由；切了幾小塊無鹽無椒的邊角給他們吃，砸聲讚好。後來美福吃完了，我們改吃平價的網購牛排。也沒有不好，只是沒那麼好。貓來，嗅嗅，切小塊給他，居然不吃。

另外眼界高了的還有鰻魚。貓首先認識鰻魚，是家附近的名店，板前屋，疫情間推出外帶便當。便當買回來，人遮遮掩掩地躲進主臥室，一扇堅實的木門隔住兩貓。貓依舊聞香而來，在門外大聲抗議，大加撻伐，試盡各種策略，高聲呼籲有之、椎心哭喊有之、低姿求懇有之。後來便當吃得差不多，放貓進來，一小塊鰻魚過水除去醬汁餵餵看，貓悶頭吃，心滿意足。我很意外貓咪喜歡鰻魚，後來買美式大賣場的冷凍鰻魚——貓卻不太吃。正確來說，若送到嘴邊還是會吃，但明顯沒有熱情。

曾經滄海難為水，我家貓只吃美福。橫批：命也太好。

我自知寵貓，但性格很懶，一般沒有心思特別弄東西給他們吃，都是乾乾罐罐打發。貓是浪過來的貓，有得吃也不挑食。平常加菜就是給他們吃蛋。我也沒想過貓喜歡吃蛋。某日室友回老家慶祝農曆生日，帶了豬腳、麵線跟白煮蛋回來。一袋白煮蛋放在冰箱裡，我變著花樣做沙拉。把蛋黃挖出來，略梨搗碎再拌鮪魚，蛋白切碎撒一點檸檬汁。貓群聚在腳邊哇哇叫。鮪魚罐頭很鹹，當然不能給貓咪吃，但水煮蛋不失為圍魏救趙的好方法。先給一點剁碎的蛋白——咦大獲好評——再給一點剁碎的蛋黃。後來，水煮蛋就成了貓大餐的定番。

貓除了跟進廚房，其實也跟進書房。海梨仔尤其長成了書僮貓。不太咬電線、也不太占鍵盤，進書房也沒有幹嘛，就是進來看看你在幹嘛。繞繞腿，蹭蹭書尖角，研究盆栽，跳上桌看窗外的鴿子，找地方睡覺。本來書櫃裡有她喜歡的格子，後來她長大了，格子塞不下，現在睡櫃子上，書讓她饋頭饋手，一條橘貓貴妃坐。椪柑進書房都是來討吃泥泥。我在抽屜裡放了一兩包貓泥，他知道我無聊時就會餵他。因此常躡腳而至，在我背後坐好趴好等吃點心。讀書若感到背後有灼灼眼光，十之八九是椪柑來等吃泥。我也會從書房大喊，椪柑來吃泥泥！貓一閃即至，此時他就很認得自己的名字。

也說不清楚什麼時候，貓開始上床睡。廚房書房是熟悉的領土了，晚上偶爾晃悠進臥室陪看電視。我們的床高，海梨仔會在地上抬頭望著人喵喵叫。神情是「摸我」。於是人貓總要進行這樣的對話：

「海梨仔你上來啊！上來摸摸。」

「喵凹——」

「你上來啊！你要摸摸又不上來！」

「喵凹——」

最後她總算是接受了，兩眼專注，提氣一縱，兩步上位。她有喜歡的位置，人雙腳開成括號位《》，貓施施然窩好一圓弧，抬眼一喵，人手搔脖子抓背。然後貓就慢慢睡著了。此時不過八九點。貓的睡姿隨時辰推移，從正臥姿，到側露肚姿，翻身扭脊姿，再伸個懶腰到夢中出拳姿。幾個鐘頭過去，人的腿早就麻了，但也不太能動，要小心翼翼地抽腿，因為貓會抱怨，「哎呀幹什麼你動來動去的。」她咕嚕咪嗚抱怨又很可愛，因此有時候我也故意去抓抓她移她。

本來海梨仔睡到午夜左右，又會突然醒來吵著出門，回到客廳她的絨毛窩去睡。但天冷的某夜她就突然睡過夜了。人下床上床都沒有吵醒她，她自行爬回熱愛的括號位，安眠到天明。

椪柑向來是跟著海梨仔走。海梨仔開始睡過夜之後，椪柑也不時進來湊熱鬧。有時我們覺得椪柑一貓在客廳睡，有點孤單，也會把他的絨毛窩整個搬進臥室，全家一起睡。椪柑某夜也上了床。清晨我發現腿間有貓，隔壁室友腿間也有貓，兩貓各占一括號位，呼吸平穩，睡得歲月靜好。此時約是節氣春分。春寒，貓人相饋暖。從此開啟了人貓同床的日子。

跟貓睡很溫馨，但也有很多令人困擾的細節。首先，雙人床是給兩個人，不是給兩貓與兩人。尤其貓睡得早——貓左右無事，晚餐後看看電視就睡了

——人就寢時通常貓已是兩坨肉舒展自在。此時兩個成人要擠進貓與貓之間的空隙，不太容易。也可以搬貓，但睡下之後依舊會貓壓床。再來，貓睡到四五點醒，要吃早餐。平常睡覺我習慣關門，因此凌晨經常要起來給貓開門。我們家貓叫人起床的方式還算文明，就是哇啦哇啦哇啦哇啦喵到你醒為止。貓很快就發現室友睡得比較沉，也發現人的耳朵是接收器，因此後來培養出了默契——貓到我耳邊喵凹一聲，我就自動起身幫她開門。

其實這兩點還不算什麼。最困擾的是貓吃飽了要玩。兩貓出門吃完早餐，又要回主臥玩耍：開抽屜、挖袋子，在床上飛貓追逐，囓弄人腳。此時天還矇矇亮，我跟室友經常睡眼惺忪地開門放貓回房，又萬分悔恨地趕貓出房。

但貓終究是可愛到不行。兩貓的個性越來越清楚，很明顯海梨仔是姐御的分位，椪柑雖然比較大隻，但比較退讓。有時房門半開，椪柑剛探個頭就被海梨仔巴頭，明明他什麼也沒做（此時我跟室友會很沒有同理心地哈哈大笑）。或者海梨仔選好了沙發攤平，椪柑也想上座，偷偷摸摸上來，大大黃黃的身體只能縮在一個小角落；海梨仔冷眼旁觀，完全沒有打算移動尊臀，讓點空間給她弟。有時候椪柑在一樓吐了（貓吐毛是很常發生的事），海梨仔會急匆匆跑來主臥室告狀，一疊疊喵聲急切不已；如果椪柑居然吐在沙發上，海梨仔的喵聲簡直是警報，從一樓一路迴旋上三樓，通報人類趕緊處理。

到底，他們感情還是很好，兩貓同在床上打瞌睡，迷糊之際，互相捉著頭幫對方洗澡。往往是海梨仔細心幫椪柑理毛。晚餐前是兩貓固定打鬧的嬉戲時刻，打架也打得很溫柔，互撲互咬，翻滾繾綣如兩捲橘色的浪。

貓跟人生活，還是很幸福的一件事。我在半夢半醒間，感覺到溫溫毛毛的重量靠上身體，是一份珍重的信任。貓乖巧回床睡回籠覺——我到七點多醒，坐起身來，第一眼是海梨仔漂亮的虎斑毛色，然後是她咪咪聲抱怨（她覺得人醒了要馬上摸她才對）。到廁所她也立刻跟進來積極參與。人在馬桶上，她在腳邊翻肚，喵聲連連。她非常喜歡廁所的矽藻土腳踏墊，一定要立刻翻車摩背，且人手一定要摸她。我後來早上連滑手機的機會都沒有。反而成就了健康的晨間行程。

文章走筆至此，貓已換了兩三個地方睡。天又慢慢熱了，貓喜歡肚皮貼地。貓睡時是各種形狀，有圓形、有條狀，也可以發生在任何大小的空隙。有時甚至把額頭抵在辦公椅的滾輪上。人一動，少不得貓驚醒，人疊聲抱歉。

養貓給了我信心。兩貓來了一年半，從小貓到橘貓——橘貓本身就是描述大小的量詞——從摸不著的忍者貓到陪睡陪讀的加菲貓。我把貓愛起來了。愛是一份可以練習的功課。愛有不同的形式與過程。貓怕我時我等待他，等待他理解這個屋子很安全。屋頂下有秩序，所以安全。貓破壞秩序時我喝斥他。喝斥貓時我還是愛他的，而他也知道。貓甚至學會了仗恃著人的愛。

有人愛就什麼都不怕了。兩貓在家裡各處都睡到翻肚，人伸手揉他的肚子，他也沒有睜開眼睛。這裡可以摸了，人與貓相愛起來了。

小雨林

追著雨，開車到礁溪參加瑜伽靜僻營。

瑜伽教室不定時舉辦各式瑜伽遊營。跟著不同老師，有不同風格。山系，水系，森林系，但人人都是心系。用心承諾將平日的習性留在身後，到大自然裡早睡早起，好吃好動，鍛鍊基礎的心量，期盼更返自己的天真自在。

我的瑜伽老師習慣在春天舉辦她的靜僻營。春臨大地，萬物初生。還有一點寒氣，但也有一點陽氣開通，在將忙未忙時架好軌道。老師說，今年的靜僻營名為「我在」，她要多談阿育吠陀的飲食身心觀，瑜伽的靈性面向，調身、調息、調心。我其實沒有細看這三天兩夜要做什麼，反正帶著度假的心情加入行列。瑜伽三年，對老師有全部的信任，知道會有很深的放鬆，可能迎來很深的洞見。而且老師是仙系，天上仙女指定夥伴，吃住用度無一不精心優美，跟在她身邊如高檔選物店，總是大開眼界。

今年選在名為小雨林的民宿。驅車過矮門，兩隻半大不小的土狗歡快地前後繞車迎客。黑與深褐，小小的狗掌不合比例地大，是小狗的特徵。下車後遇見路倒的灰斑貓，細聲咪咪，誘人摸肚。小狗熱情想跟貓咪玩，貓拳一掌巴頭。推開裝飾著獅頭雕塑的木門，入眼教室寬闊，靠牆有熟悉的抱枕與各式瑜伽用品。還有大長木桌厚實，午餐用畢後收入地下。一整片落地窗外有樹有溪，有一群昂首闊步的松花雞，咕咕而過。

雞犬相聞，林里相見。春略有雨的小日子。

營裡練習生活。

練習早睡。過九時，我們跟著民宿主人拉出床墊，掛上蚊帳，開闊的磨光水泥教室成為睡眠棲地。老師讓我們分組做簡單的頭臉按摩——說按摩也不是按摩，用手指輕輕撫觸彼此的額、髮、耳，安下心來與對方同在。這樣簡單的動作卻流來恆常的平靜，我感覺自己登上一條睡眠的航道，小小船，身邊眾人也紛紛上船，飄飄然鬆軟入睡。說來奇怪，入睡是如此自然的事情，平日生活卻如此困難。是我找不到關掉思緒的開關，不得其法；但它其實一直在那裡。

在營裡也練習早起。早睡後的早起如此理所當然。凌晨四五時，天未亮，我自然睜開眼睛。平常不喜歡的黑暗無光，在營中卻有另一層感受。黑暗是接納。所有一切都沒入黑暗中得以安息。營眾人呼息此起彼落，未必有聲但卻可以清楚感受。我感覺身體其他的感官在沉眠當中反而打開，我能感知到他人的心緒狀態，以我白日無法接收的方式。而現在的狀態是合一在祥和裡。左右無事，再睡，再睡，再睜眼已是六時許。民宿養雞數隻，得意的公雞有二，晨時呼叫，眾人窸窸窣窣盥洗。此時清醒，是真清醒。

營裡當然必得練習瑜伽。與平日無異。先以按摩球按開肌肉，兩三體式暖身，再兩至三輪拜日。暖身至拜日是循序漸進，身體從躺平直式逐漸往地心引力反向行，直至站立——熟悉的手抓腳趾ABC，貓扭式，從四足跪姿中進入下犬，下犬同時是倒立又是站立。雙眼看往雙手間，右腳往前，左腳往外轉四十五度，雙手向上，進入英雄體式。我感覺英雄體式是分水嶺。前階段暖身與準備若得宜，英雄式那一瞬間的站立會有開天闢地之感。身體突然回到熟悉的正立姿，重新體會原來骨盆在此，雙腳直伸如是，而雙手向天探求，肩胸開闊。而從此之後，一切體式行雲流水，水到渠成：英雄後是俯撐手杖式，八肢點地，上犬，再回到下犬。呼吸，呼吸，再呼吸。

雖是與平日無異，但又與平日明顯有異。營中的練習品質總是特別好。好的差別也只是多一滴澄澈，一分投入。並不是身體扭轉角度更多了，或者肩胸撐得很久了；其實平日練習如何，此時練習也就如何。老毛病還是老毛病。頭顱往前掉，脊椎不在正位，左側身體較弱而下墜，骨盆歪斜。這些都依舊是我。只是我似乎更有覺知——啊，好像不對勁，啊，好像回正了。

正位不是比較好，正位只是正。

兩日晨練都以半月作結。我以為，半月式是非常需要心靜的體式。側身向上、獨腳站立，其實肌力與柔軟度都沒有問題，但心裡若思潮洶湧、萬馬奔騰，一定待不住，落下馬來。去夏我在家裡練習了很多次半月式，可以說是每日晨練定番，盯著白晃晃的牆面穩定心與身，嘗試在一片空白裡找視覺的焦點。冬春以來很少做半月，春醒了在營裡做，身體狀況已經大不相同，肚子帶了小顆球，再來體會新的平衡。我的右腳向來比左腳強壯，右腿依舊可以穩穩地支持身體成為一張迎風的帆；左腳則比較容易疲倦。我決定靠牆練習，做一張有靠山的帆——帆招引來了老師，老師蹲下調整，「不仔細看都做得很完美，但其實這不是伸直」——所謂伸直的支撐腿，不是推壓膝蓋，是大腿前側收縮用力，腿部要記住比現在更接近彎曲的感覺，才是真正的伸直。

原本的直是一種偏頗的追索；真正的直其實是恰如其分的施力。

休息體式是用抱枕支撐的倒箭式。我仰躺，此時應該閉眼但我捨不得閉眼。因為腳下靠著落地窗外，是一棵蒽鬱大樹。我彷彿躺在大樹上，我彷彿是樹。我迷迷糊糊地想這綠很綠，感受這綠。

練得瑜伽後，營裡我練習靜心。

瑜伽體式後的靜心靜坐，特別容易進入澄淨安寧的狀態。閉眼沉入深深的內在。安適的黑暗，有光影浮動。體內有輕微的氣流上旋，身體舒適地微微晃動，是半睡眠，但是比半睡眠更清醒的所在。我還在這裡，但我也不在這裡；依舊聽得到風從耳邊經過，人們躡腳踩出木板嘎吱聲，民宿主人開門了、招呼了、是早餐送來了，志得意滿的兩隻公雞扯直了喉嚨叫。我去到了那些聲音的發生，又瞬間回到深深的體內。我去，我回，我再去，我再回。心神動盪只在轉瞬之間。安在時才發現自己原來分心分裂數以萬計。

從前聽說，活在當下、活著本身就是一件美好無比的事情，雖能理解道理但沒有體會。是在營裡，第一次感受到生命原本地存在在我的呼吸之間。興起一種真實的嚮往，啊，如果可以永遠維持在這個所在，是多麼穩定的一種狀態。

營裡有完整的時間可以討論靜心的心得。師說，能量只會去兩個地方，向外創造，或者向內滋養。若感覺到身體想要輕微的晃動，可以稍微抑制那樣的企圖，能量不出來，就會往裡面走。觀察身體內部接下來的感受。再延伸了說，身體的能量是真實而有限的，向內滋養的厚度有多少，就能支撐多少向外創造的力度——如果內部的滋養不夠，硬要撐出外在華美的成就，不僅是一種嚴正的消耗，外在沙塔也終將崩潰、反撲。

抱著孕肚的我，默默地聽，多一層明白。我其實尚未完全臣服我的身體，也沒有真誠地尊敬她正進行的任務。孕期順遂反倒寵壞了我，故意忽略疲倦的感受——春季開學以來，我變本加厲地工作，一週平均出差兩次，盡力地教學、面試，都是不斷向外給予能量的行動。全力以赴後的疲態是自然的，但我沒打算全心投入休息。我假設我可以不間歇地努力到生產。我覺得在工作崗位上破水很酷。我想試試生產力幻化出多線成就的極致，可以推升到什麼境界。但這是我的執著，我的身體沒有聲音。

我只看那外在能看見的，卻沒有感受內在能感受的。身體與我合作，我在外勇敢打拚，她在內孕育生命。我又一次對她予取予求，在她原本的發展上，又索求一層支持。這不是平衡的，也不是正當的。內外相互支持，彼此滋養，生命的擴張才能真實，也才能長久。於此我獲得了新的洞見，新的動力。瑜伽老師曾對我說過的許多話又重新排列，綻放新的意義。在體式中我有過度努力的堅持與僵硬。放開那堅持，讓身體慢慢熟悉新的空間。不把休息的機會當成一件任務。

其實在靜僻營裡說過的話不容易記住。真理像是落雨，自然地打在葉上，落入土裡，消失不見。我偶爾也想記下，但又同時感覺得到我不想記下。我不想打開另一邊理性運算的功能。我想試試相信自己的身體，會記住我所需要記住的——事實上，感受也不是能夠忘記的東西。身體一旦經驗過，就會信實地把握住。好壞皆是。對身體而言，甚至無所謂好壞，只是事理之當然。

離營時只是中午。返家後睡了很長的午覺，接著兩天，都還有沉沉的倦憊感推擠向外。不擔心，在日常生活中把握時間睡覺。節氣是穀雨，身體與天氣還有濕寒意。也不擔心，日頭緩緩走向長端，夏將至。夜裡開始聽見蟬鳴蛙叫，凌晨四五時醒，全地鳥啁啾。

離營後，還有溫和的能量在體內迴盪。接下來是自己的日常修煉，把持、滋養、鍛鍊那份曾經覺知過的平安。曾經有幾個日升日落，只是體會呼吸。

每年——甚至每季——都期待著瑜伽師者的靜僻營，是因為食髓知味了暫停的美好。我是凡人，在塵世間推擠，把持不住重心。窺見過心裡的安靜，就會升起一份真實的渴望。希望自己能夠待得住安靜的心。

心是人真正的住所。渴望一份自在與長久。

四季筆耕

春天寫作的感覺跟其他季節不一樣。有一種溫和的向上感。

春天有雨，也有太陽。經過綿綿冬雨的臺北，三月後回暖，終於得到了幾週清爽明亮的晴天。壬寅年初雨多，一二月加總起來，共下了五十餘天的雨，臺北盆地整個冬末都泡在水裡。春天來時，特別明顯，也特別令人欣喜。

回暖後我也甘願回辦公室工作。我的辦公室沒有暖氣，室內空曠又是高樓，開窗透風時透進來的都是寒氣。因此，冬時我抱著肚子待在家裡，只有必要開會時才到辦公室。但天暖之後，去辦公室的心情強烈了起來——臺北南區巷弄的春天美好，慢慢散步，隔著水泥牆偷看日式老屋，偶爾遇見櫻花，再有木棉花，再來就是白流蘇與加羅林魚木的季節。我於是又回到辦公室與家中書房交替工作的節奏。

在春天的陽光下散步，實在沒有更好的事。春季學期我在清大兼課，中午一點鐘下課。課後我會跟助教一起散步回大門口，助教去吃飯，我搭計程車回高鐵。步出教室，人社院中庭有一棵兩三層樓高的櫻花，開學時綻放。櫻花開時只有枝枒而無葉，因此角落這一株枝節有力而粉嫩生動的櫻花，就是庭院的唯一焦點了。

隔幾週，櫻花落盡，生芽，滿樹翠綠。又是一幅美異地景。

出了人社院，往山下走。先是一條林蔭小道，然後是女舍外護城河，河邊樹如柳低垂，開橘色的花。低垂的花色反射在綠色水面上，很奇異的美景。這十餘分鐘的下山路很令人喜悅，腳下踏踏實實一步步在木棧道上，看看草木河山，讓過熱的腦袋慢慢恢復正常轉速。此時感覺人同時有身體與腦子是件好事，可以相互平衡。

春天另外有雨，有雨也好，適合寫作。

說來奇怪，明明剛經過了長長的冬雨，春雨來時或許也該不耐煩。但春雨的質地不同，連綿不絕而有生機，淅瀝聲響像是沖刷清理，為地裡新生命做準備。第一道鋒面來時是個週末，我難得可以待在家裡，清晨盥洗時浴室兩面窗大開，雖然是濕涼的空氣，卻沒有逼人的寒意。聽雨反而有安心感。此節有充足的雨水，可以安心在這時出芽。

打開電腦，面對漉漉山景，開始一段新的創作。

夏天寫作，跟日光競走，把握清晨舒爽的時光。

夏天最適合的，還是早睡早起。晨間陽光有一種透亮的品質，具穿透性而充滿能量，且不逼人。一旦過了午間，陽光就會逐漸熾熱起來，有一種霸道、有一種占有的氣勢，全世界都必須臣服於它的熱火中燒。剩下唯一能違抗它的，只有夏天的蟬。因為蟬是沒有明天了，也有一種急迫的必須，這一季必須繁衍生命。

因此夏日午後總是聽蟬，抱著一本書迷迷糊糊地聽，打瞌睡。不抗拒。

每年夏天我都想充分把握珍貴的上午時段，但每年都嫌自己起得不夠早。七點鐘起，做完瑜伽沖完澡，再吃早餐，待拿著咖啡到桌前坐定也都九點了，剩下三個小時寫作。夏天的寫作任務也總是風風火火的。此時是學期中後段，所有人都很積極，火力全開地交換審查意見，修改稿件，跑資料，完成分析。這也是研討會的高峰期，週末往往在會議中度過，該交出的稿必須交，該評論的文章必須評。六月學期終了，衝刺的感覺更明顯，大學老師們把握著僅有的一點清淨時節，把研究的能量轉化完全。

這種風風火火的氣勢久了，會失去休息的警覺心。忘記人不可能永遠衝刺，甚至不要說是衝刺，走一段路後也必須歇腿。偶爾有週末動也不動地吹冷氣；有颱風天關門大吉狂追劇；有連假出門健行體驗山海。夏日多有這樣的偶爾，穿插在奮力向前的寫作列車裡。

夏天另外適合讀大書。這是略為反差的經驗。夏熱，昏沉的時候多，內耗不少能量消化濕熱躁鬱。但夏天的白日長，一天工作往往可以切分三個時段。子午熱時休眠，三四點略醒，但腦子仍不很清楚，不能寫字，反而可以讀書。因此讀過長篇大論的中國近代史，重要的期刊一篇篇跟上最新發表。有些反芻許久的想法受到刺激，有所突破。

夏天好發，火旺水發，什麼都是嘩啦啦地來。字也是。

秋天寫作感覺舒爽。

其實秋天做什麼都好。臺北的秋天非常短暫，讓人特別珍惜。每年都是夏熱蒸騰好幾個月，末了，人人無不引頸期盼秋天何時來。秋天來得難以捉摸，有時是秋颱接踵而至，讓人分不清楚是雨是汗，颱風走了又直接墮入細雨茫茫的冬天，此時分不清是雨是淚，悼念未臨即逝的秋天。有時秋天來是真來了，天高氣爽，美好得令人可以愛全世界；但秋天也是開學季，太忙了，才計畫著要放下工作出外走走，一想一拖，不過三五天，秋天就走了。

愛在當下，愛要即時。

就是這個開學，令秋天有一元復始之感。校園在秋天裡總是新的。我想留日的朋友感受會大不相同，但我二十餘年來跟隨的工作時程，總是以秋天為學年的開始。八九月開學的事實給定了時間的結構，因此度假旅行總在六七月，全速趕工總在四五月，適應教學與開啟進度總在二三月。一切都為九月開學做準備。

因而我的秋天總要採買點東西。我是那種不先清理書桌沒辦法工作的人。我的忍耐週期也不是很長，最長月餘，特別出差回來一定要清書桌，教課完腦熱也想清書桌，拖延逃避論文時，當然要清書桌。秋天到了新的辦公室，或者開展了新的學期，這氣氛意圖使人布置環境。小則買資料夾，買畫，買盆栽；大則買辦公椅，買書櫃，乾坤大挪移書桌椅櫃。秋高氣爽，爽朗之氣來自天地之間，也來自人自願的清理之間。

秋天轉瞬即過。清理的時節稍縱即逝。清完了，文房四寶跟貓都找到新的位置窩好，人嘆口氣，坐下來寫作。

冬天寫作要乾暖地寫。

搬到城郊的半山上，山景極好，但冬天溼涼。我一直到去年冬末才意識到屋子裡有暖氣，我應該開了暖氣工作。這恍然大悟還是來自於某週末，到城裡飯店staycation，坐在小桌前意外感受到工作效率好，才想明白原來我終究是南國的女兒，終究不能在冬雨裡自在。

回家後開了暖氣，小小的書房鎮日乾暖，長出貓來。貓後來索性都到書房睡。

我懷疑，或許臺北城的冬天不很適合寫作。冬天的身體沉重，難以控制地睡得多。臺北盆地的冬天濕漉漉的，陰沉地壓著心思。身體比頭腦更敏銳地反映這一點。晨時瑜伽給人的不是汗水，是血氣流轉。很珍惜地捧著終於溫暖起來的身體，考慮著要把它貢獻給哪一件今日的任務。在桌前坐久會感覺身體冷卻，腦動得太多是一種耗，就要嚴重破壞本應內轉去修復冬養的身心。

這是適合累積與舒整收穫的時刻，卻不是創新的時刻。我在冬天完成了很多功課；資料夾打開，盤點成果，最後推進送出文章，趕在預算年結前再辦成幾件大事。在冬天也期盼來年；有些確知不會立即見到結果的作品，也高興它上了軌道。一點一點地蓄積，冬藏有底，心裡知道有一份厚厚的家底。但這冬氣是藏，而不是長。

我偶爾想念北美大陸的乾冷雪季。冷是非常冷，但是一種警醒的冷。或許是那樣堅實的冷，才湅湅出冰晶般清晰的文字與思緒。我已經有好幾年沒有經驗那樣的冷，也因此，好幾年不在冬天寫新的作品。

人與土地或許真有連結，在什麼地景天候裡，就寫那樣的字。

寫作的儀式

其一，喝茶。

寫作喝茶。也喝咖啡。喝茶或喝咖啡，端看當天心情。

若是進辦公室，入口處先量了體溫，登錄時間與姓名，心無旁騖地長驅直入自己的OA小間。先收拾書桌，把昨天（或前幾日）下班時沒有拾綴乾淨的紙頭書籍擺擺好，過時的紙頭就拎去回收間。再來泡茶，或泡咖啡。通常上班前也喝了幾口茶，若是當天起得早，還在家裡喝了咖啡，那就不好再喝咖啡，只泡綠茶或烏龍茶。茶不是水，現在注重養身，也得多喝水，因此也倒一杯水。就這樣茶水並備，放出電腦。可以打開檔案開始工作了。

若是在家，那簡單得多。通常是拎一杯熱咖啡進書房。我喝咖啡如吃藥，不講究，純粹取它的香氣開啟晨間工作的能量場，所以緩緩手沖是做不來的，多是掛耳包濾出咖啡了事。懷孕後我除了酒精一概不忌口，每天一杯咖啡還是要喝的，手搖也還是要喝的，因此常默默盤算到底今天還可以攝入多少咖啡因。後來換了一個小的咖啡杯聊表心意。早上的咖啡少喝一點，午間的青茶金萱、胭脂紅烏龍就可以放心多喝一杯。偶爾讀到自己以前札記，讀書時一天可以喝三杯咖啡，還是用大氣度的馬克杯，也有一點羨慕。羨慕天真無心機的肚量，以及青春的身體。

其二，讀書。

寫作前讀書，是熱身。

若寫中文的創作，讀一點優質的散文是調頻道，接上流暢安穩的敘事河道。這河道若黃河之水天上來，天給的，天天都在，端看寫作者心是否清靜，能不能航入這河道。我個人覺得最好接上線的方式是做點瑜伽，身體內部空間打開了，舒緩了，自然有溫暖的訊息流出手指。若要點不同色彩，織錦不同質地，讀點好的文字很有幫助——好的作者如管樂隊伍前的指揮，也如馬拉松時的pacer（領跑員），跟著她／他走不會錯。我有幾本心愛的好書，是信任的作者，每一次都能帶我出埃及，前往流著靈感的奶蜜之地。它們是《托斯卡尼艷陽下》、《身為職業小說家》，這兩年另外添《老派少女購物路線》。趕稿的前置作業是邊吃早餐邊讀它們的故事，早餐吃完了也有靈感了，打開電腦一瀉千里。

寫作回歸初心，是表達自己。跟喜愛的作者一同表達自己，感覺世界百花齊放而各自安在。

若寫學術論文，前置作業其實相當，但過程拉得極長。也不僅僅是憑直覺調頻道，還需有極具耐力與洞見的理性分析能力。若真到準備好寫作的時刻，通常已經是數月的準備。經年累月已有累積，臨上場不再讀書，讀的是自己的筆記。一份單純筆記，草草畫就的大綱黏貼在書桌前，憑著自己的意念走。一句話要發展出一個段落。一個概念要建構一篇文章。

方向已定，荒草蔓蔓，篳路藍縷走過去。

其三，沐浴。

寫作至中場，玩水去。

說來不怕人笑，日常生活中我並不特別享受洗澡一事。洗澡對我而言是功能性的，睡前、運動後沖刷去一身煩躁，是為了趕緊上床睡覺，或者趕緊出門。因此我洗澡總是很快速。不若眾多同年友人享受一場好水好泡泡，洗澡是me time，跟自己好好相處，自我修復自我療癒——沖澡能給我的療癒，不及一頓好飯。

但也因為這功能性的企圖，近來體會到寫作與寫作之間，借水來去，是很好的更新。

先是天冷的幾次小度假，深感溫泉的好處。溫泉水與熱水，終究是不同的兩種水體，溫泉有穿透力，熱水只是熱，而且是會消散的熱。出發小度假前總是思緒繁雜，期待被瑣事壓抑到心底最小的角落。抵達度假小間，二話不說先跳進溫泉裡；瑣事被泡軟了，期待被放大了。接下來所有情緒都鬆鬆軟軟地化開來。等出了汗，喝一杯常溫水，或者喝一杯室溫茶，什麼凡間俗事都忘記了。

此時我就是水，水就是我。

一般在家裡沒辦法享受溫泉，但很渴望泡熱水的好處。於是也學習在字與字之間放一缸水，泡一泡，鬆一鬆，讓腦子小一點，心的空間大一點。寫作至多三點鐘，腦子必然糊在一起。當機立斷，放水脫衣，玩水去。裸身落入熱水的瞬間，腦子裡總是一片空白——好熱好熱——熱感截斷了所有思維運作。身體慢慢暖和，習慣新的溫度，泡糊軟的思緒又才慢慢浮起。此時我知道自己在想，但我讓這諸多念想浮在那裡，泡著它，看著它，感覺它，因此也是什麼都不想。

離開水體時自有些念想走了，有些念想跟著我上岸。

這時就又可以寫了。不能長篇大論地寫。可以短短地寫，寫詩，寫開頭，寫結論，寫一片細節。這是水沖刷出來的好物。

其四，火燒屁股。

寫作其實也不需要什麼儀式，火燒屁股就是最好的儀式。

年前與編輯討論書寫進度，編輯問，何時完稿？我答，等火燒屁股時就寫完了。

有時（這有時其實是時常）寫作的關鍵是罪惡感，恐懼，或者慾望。壓了半年的稿子硬是拖到死線前兩天才打開檔案，不是為了想衝發表，是因為頭洗到一半不能說放就放。南北奔波教課之餘擠一天出來改稿，不是對研究有什麼承諾，是因為不好意思當豬隊友，怕拖累共同作者，怕對不起同事的一份真心誠意。或者單純需要多一筆稿費——寫作是我本業，用字換錢，是最實在的一筆生意。不發表則滅亡（publish or perish）是學界箴言，但從市場邏輯解釋也很通透。

因此，寫作到底不需要什麼儀式。電腦打開，檔案打開，就開始寫。

進到筆耕之地，面對曠野一片，此時需要的不是他人的字字珠璣，不需要草木精華、天地正氣，只需要一份信任自己的初心。寫作到底不需要什麼儀式。該寫的時候就寫，想寫的時候就寫，願意寫的時候就來寫。

#關於學者可能讓你很意外的point

一、幾乎沒有時間寫作。越資深，越沒有時間寫作；最有時間寫作的時候，是還沒有出道成為學者的時候。

二、沒有辦法長話短說。諸君，如果你的大學老師在下課鈴響起後說，「各位同學不好意思我再講五分鐘」，我建議你完全不要理他，該上廁所想買飲料要打電話，就直接溜出教室去辦事吧，因為他再過十五分鐘才會依依不捨地結束，而且他心裡還是覺得話沒講完。也請諸君千萬不要計較，因為學者的訓練就是鉅細靡遺，英文說不放過任何石頭沒翻過（left no stone unturned），他若不把心裡那個完整的架構細細跟你說分明，真的會良心不安夜不成眠，不斷思索下次講這課題時，怎樣才能用更精簡更有效率的方式塞進最多資訊。

三、最重要的特質是毅力，不是天賦。即使有天賦，沒有毅力，不會實現；何況絕大多數人未必有天賦（例如，我就沒有什麼天賦，學術上若有一點成果，也是毅力拖磨出來的）。

四、承上，雖然很有毅力，但會拖延。所、有、人、都、拖、稿。不拖稿的人，是因為他前一輪已經拖完了，手上那篇現成的稿子，本來是一年前要給那個誰的，到現在還沒有出去；所以剛好準時給你。或者是手下有很多一起幹活的人，或者是搭著一艘乘滿火力的大船，團隊作戰得宜，速度加乘。或者是他有意識地記錯死線，所有工作都能以延後的姿態，提前完成（這不失為一個非常好的策略）。總之，現在不拖不代表他以前沒拖過，現在拖稿以後可能還是會拖稿。耶穌說得很對，你們中間哪個沒有拖過稿的，先出來丟第一顆石頭。

五、再承上，雖然會拖稿，但學者的好處，就是承諾的文章，終究會完成。慢歸慢，但一定會走完。所以有時我也覺得學者一定要活得久，上帝也應該會讓我們活得久一點，是體諒我們拖歸拖，但終究有毅力一定要完成。很多學者死後，後人為他發表未完成手稿，那稿子還是好得不得了，很有啟發、很有貢獻。此時心生感慨，希望上帝能多給他一點時間——但倒是很少想他要是不拖延，寫完再死多好——通常不會有這樣的感慨。通常是想著死線能不能往後推一點，比較少想自己能不能動作快一點。因為可做的實在太多。

六、承上感慨，很多人身體其實很差。常見的職業病有肩、背、手痠痛，也多有眼睛、消化道以及睡眠的問題。原因無他，長期坐在書桌前不動，大量用腦，身體退化。學者是活在異次元空間裡，這行的特性，投入千萬能量而回收不過一二，也誘人上癮引發豪賭之情。寫作發爐時真會不知味、不成眠，只想拚下去把這個論點寫完，寫完一個論點又還有一個，無止盡地追尋投入，像一座黑洞。長期忽略身體者眾，社交媒體最能引發學者群議論紛紛的，是各種快速止痛的偏方——拉彈力帶啦、護腕護墊護背護膝啦、站著工作的書桌啦、各種助眠藥物啦——但其實最重要的，還是多運動，長期投入運動。哎，但在這點上，學者也多是語言的巨人，行動的侏儒。

七、對教書的感覺很複雜。教書是一份全職工作。大學教師的要求是教學、研究與服務並行，等於是三份全職工作。這有點為難。而且多數學者在開始教書前，其實都沒有受過長時間、專注的教學訓練。沒有做過的事情，怎能一次到位？因此多是在錯誤與挫折中學習，也是個學海無涯，學無止盡，老師也要花一輩子學怎麼教書。教學相長雖為真，可惜學生不一定有回饋。也有很多學生，不知道自己為什麼坐在教室裡，也只能投射自身的挫折與不安全感到教師身上。此時真是難受。但即使教書有萬般不是，只要有一個學生在課堂上眼睛發亮，並憑藉著他自身的努力成功——真的只要有一個學生有一瞬間來到光明（enlightened）——做老師的，就感到無比驕傲，無比沾光。又忍不住，再次相信教書還是一份古老而神聖的職業（故，諸君，請偶爾寫信給你的老師，談談你曾經獲得的學習，老師真的會很感動）。

八、現今學術市場是買方市場。換言之，新科博士能否獲得一份終身職軌道的工作，運氣比實力重要。這不是說獲得工作的人實力不好；事實上，絕大多數的青年學者實力都很好，但誰會拿到工作，又何時會得到工作，確實難以預測。

九、承上，但又說回來，這個市場似乎又還是個有效率的市場。優秀的人才，最終，都還是會有工作。

十、說說自己這個學者#關於我可能會讓你們很意外的point。我其實非常少玩這類社交媒體接龍遊戲——不是不想玩，是動作太慢，每次要玩都已經晚大家一個月。本來是想寫篇關於學術路上失敗一籮筐的文章，但已腸思枯竭字不成篇，借hashtag寫一篇文章。看吧，學者真的是拖歸拖，終會想出個辦法完成任務。

沒時間讀書的讀書人

這兩年，越來越感到時間與精力有限，讀書的機會越來越少。

以讀書與寫作為業的人沒時間讀書，乍聽之下有點荒謬；但生活在其中真是如此，而且是從很多角度說來皆如此。一則是學術作品占據絕大多數閱讀心力，力有未逮，不是工作的書實在沒有機會讀。白天讀分析性的文字，晚上休息時只想歪著頭滑手機看Netflix，沒有什麼雄心壯志讀書。床頭放著很多本好書，《臺灣最好的時刻》、《拚教養》、《應許之地》，都是很有意思而且真心有興趣的書。但是爬上床時都已是夢近時分，斷片時刻，始終沒有打開來讀。每次想著週末或者放假要來讀這些有意思的書，一放假，又想著要把握機會爬山、運動，或者把拖延多時的家事做了。一轉眼又是幾個月過去，書依舊沒有打開。

二則是讀文章的時間多於讀整本書的時間。學術界重視同儕審查的期刊論文，許多重要的研究發表都以單篇文章的形式出現。雖然我的領域仍然鼓勵人們寫書，但是，多年訓練下來，讀書也不是讀「書」了，書都是拆著讀。拿到一本書，先讀理論、再讀結論，中間挑兩章特別有意思的實證分析讀，然後讀別人寫的書評——這樣，大約就是讀了一本書。

所謂讀書，那種從第一頁好好讀到最後一頁的感受，已很陌生。一本書之所以是完整的書，以他人薦言為始，作者自跋為終——古典而原始的閱讀，作為讀者要許諾一場一氣呵成的閱讀——在資訊快速翻轉的生活裡，不是常態。

於是我開啟了一線寫作計畫，寫書評。原因無他，我讀書越讀越少了，沒有新意湧入的心靈感到枯竭。趁著出版社找我寫推薦序，網路媒體找我寫書評，把握機會跟著市場讀書。我給自己的期待很簡單，來者不拒。沒有任何標準，只要是一本正常的書，不限題材作者文體，我都願勉力為之（至於何為「不正常」的書？目前沒有遇過，唯一可以想到我會拒絕的書，例如歌功頌德的政治宣傳品——但即使是那樣的書，也未必不是很棒的練習；發表在合適的媒體上，也會是很不錯的討論），

就這樣開啟了奇妙的書評之旅。

一開始就來，而且來得又快又多的是翻譯小說。我才發現原來翻譯書占據了現今出版界好大一片天。我記得第一次收到韓國翻譯小說的邀請，是評論短篇小說集《致賢南哥》。這本書是刻意的企畫，以「女性主義」為主軸徵集七

篇風格各異的短篇小說。作者都是韓國文壇的一時碩彥，包括《82年生的金智英》的作者趙南柱也貢獻了一篇。說來奇怪，在此之前，我還真是沒有讀過任何韓國的翻譯小說——也是一種心想事成，想讀一點本來不會讀的書，就真的來了從來沒讀過的類型。雖是完全陌生的領域，但是韓國的社會脈絡不是完全陌生，女性的生命經驗又是我很關心的主題，放鬆完成任務。

愉快的任務不只這一次。後來發現韓國文壇的性別書寫不少，也會讀到令我耳目一新的主題。像散文集《兩個女人住一起》，是兩個成熟女子決定一起購屋同居，不以浪漫愛為基礎組成家庭。從多年獨居到決定共同貸款購屋，得磨合南轅北轍的個性，協調四貓兩人的工作與居家任務。也有情緒爆發大肆爭吵的事件，但衝突過後，又一起抵達新的平衡，為了彼此嵌合入新的位置。這是真實的家庭生活，真正為世人展現現代的多元成家。這兩位作者的故事於我，不只是新穎而具啟發的文字；讀這本書的時候，我剛好也在臺北市郊買了房子。那一年為了房屋的各項開銷拚命賺錢，跟室友協調家事責任——負擔一戶房屋真是轉大人的重大挑戰，但跟著重大責任而來的又是一份寬闊的視野與自由。成家的箇中甜蜜與心酸難以言喻，讀到這本散文深感療癒。

除了來自韓國與日本的翻譯小說之外，來自英文世界的小說當然也是我小小生產線的常客。翻譯自英文的小說數量與種類更廣大，從通俗暢銷小說到國際文學獎得主，我感覺自己再次接上了另一個寬闊的文化世界。這種感受非常奇妙。我的二十到三十歲在北美生活了七八年，是我最重要的智識養成階段，培養了用英文接收與輸出資訊的習慣，看電影追劇的口味也基本上成了個美國人——但我卻從沒有享受過英文小說。英文出版品對我是做研究的工具，不是休閒，因此從沒關心過流行書籍，也沒有欣賞過得獎作品。沒想到，回臺灣後，居然出現了這個機緣，彷彿是英文世界又跟著我回來了，以一種全新的樣貌與我的文字工作結合。

我印象深刻的作品很多。例如小說《柏青哥》，這是十年磨一劍的小說，由韓裔美籍小說家李珉貞寫就。本書是她自我認同的追尋之旅，花了三十年思考、搜集資料、無數次刪改，才終於完成這本描繪「在日朝鮮人」的家族故事。橫跨四個世代的長篇小說，厚厚一本將近五百頁，驚人的是非常順暢好讀，如小時候讀金庸武俠小說的暢快感。關於這本書最神奇的一件事情是，我剛交了書評沒多久，到美國開會，約見一位多年不見的臺裔混血兒老朋友。閒談間說起最近讀了一本關於在日朝鮮人的故事，老朋友睜大眼睛，說她參加一個讀書會，也才剛讀過這本書。那瞬間我感覺到書與人的緣分：我個人的生命故事，我的認同追尋（identity seeking），跟作者李珉貞書裡書外的認同之旅，交織纏繞。文字好像真的有靈魂，會帶著人們走向彼此。有相同課題的靈魂，會因為文字而相知相交。

印象深刻的另外還有描繪黑人冤獄的小說《婚姻生活》。不得不說，面對廣大市場考驗的小說確實都有水準，這書我是一打開就沒放下，趁通勤、熬夜硬是飆完。《婚姻生活》的主角是一對在亞特蘭大新婚燕爾的夫妻，丈夫被誤判為殺人犯鋃鐺入獄，而妻子在痛苦之餘重建人生——冤獄為這段婚姻帶來的打擊不只是分離，也破壞了原本平等的伴侶關係。一方不得不依賴，另一方不得不被索取，各自有多重的結構困境需要克服，到最後，離婚似乎是順理成章卻無奈的結果。這本小說在美國獲獎無數，尤其亮眼的是女性小說獎。黑人冤獄是嚴峻的集體現象，書寫者無數，但作者塔雅莉・瓊斯（Tayari Jones）卻找到了新穎而豐滿的角度。冤獄的經驗不是每個女人都有，但一段感情裡無法與伴侶連結的感受卻是人人都能共感。從小小的隔閡開始，走向關係最終的碎裂與崩解，這是冤獄的打擊，但也是全人類都能體會的痛苦。把美國社會特有的結構性難題寫得如此貼近人心，是我很佩服的一本小說。

最後還有一類書籍，非虛構寫作（non-fiction）的社會科學普及作品，現在成為我書評寫作最主要的主題之一，也是最花心力的挑戰。我讀過而深深喜愛的作者如溫絲黛．馬丁（Wednesday Martin），她最著名的作品是《我是一個媽媽，我需要柏金包！》，而我評論的作品是《變身後媽》以及討論女性外遇的《性、謊言、柏金包：女性欲望的新科學》；以及芭芭拉．艾倫瑞克（Barbara Ehrenreich），她是長青多產的作者，我只評過《失控的正向思考》以及《老到可以死》兩本書，作為小小粉絲的真誠致敬。

另外一位我覺得很有緣分的作者是歷史學家馮客（Frank Dikötter）。我先從他的《獨裁者養成之路》讀起，做了一場如沐春風的訪談；然後一口氣完讀了他享譽國際的中國歷史三部曲《解放的悲劇》、《毛澤東的大饑荒》、《文化大革命》，寫了一篇長稿導讀。這份任務是我投入書評寫作以來最辛苦的挑戰。讀書時正好是疫情盛夏，我有好幾個禮拜對著西曬的陽光讀中國史，三本大書貼滿標籤紙，讀到眼睛睜不開，拖稿拖到不能再拖。最後一個晚上如憋氣潛泳，一口氣把書評大綱寫好，第二天書跟筆記攤滿桌，相互參照來回刪編，終於交了五千字的長稿。出版社笑稱我是吃了馮客全餐，我則是深深慶幸完成挑戰，而且終於把握機會補了中國近代史。

社科普書籍的主題都是歷史、政治、社會現象。與嚴肅端正的學院作品不同，作者立場可以更鮮明，寫作也不需要拘泥於八股格式，可以更明快、更有彈性。而且最重要的是，這些書的題材都非常有趣。例如《變身後媽》的提問是，人們再婚的情況並不罕見，但後母的角色認知，為何依舊停留在白雪公主時代？溫絲黛．馬丁的文風詼諧輕快，會在書裡寫出真實的碎念與第一人稱的細節，卻同時駕馭大規模、跨領域的學術發表品，用完整的架構提出深廣度兼具的論點。她帶給我非常多啟發，具體地讓我看到如何運用科班的學術訓練，支持自己獨特的眼光，去完成完整的知識產品。

另一位我同樣深深欽慕的作者芭芭拉．艾倫瑞克，同樣具有博士學位與新穎眼光，也同樣不吝於展露自己的情緒與意見。很久以前讀過《我在底層的生活》，是她探討美國低薪勞動。為了寫這本書，她自己應徵女服務生、大賣場僱員，用親身經歷寫下這本書。我受邀寫的兩篇書評是她後來的作品，一本討論美國的靈性產業，是她稍微早期的作品重新出版，另外一本討論死亡的醫療市場與科學哲學，則是她這兩年的新著。艾倫瑞克是個資深憤青，她的文字說理分明，大刀闊斧，批判非常。有時候讀了很爽快，有時候讀了不太舒服（感覺像是掃到颱風尾）。但文壇上有這樣一尊怒目金剛是必要的，多產且涉獵廣泛，不斷從一個重要的問題推進到下一個重要的問題去。我收集了她幾乎所有作品——我很少覺得自己是誰的粉絲，但我確實是艾倫瑞克的粉絲，因為即使是她不太好看的作品我都還是收藏了。追星就是連她不那麼好的作品都有保存的必要。

這一線書評寫作，其實跟評論小說、散文截然不同，較為接近我熟悉的學術寫作。主要的差別在資訊量體，社科普作品動輒十數萬字（或者數十萬字），結構比較大也比較複雜，對話的知識脈絡也比較深厚。我後來感覺到評這種書還是需要一定的訓練，因此很多寫手是學術中人，或者自己就是有經驗的作家，而且一旦開始跟出版社合作後，邀約可說是接踵而至，應接不暇。後來這種大部頭書我越收越多，牽洸的主題也更加硬蕊。現在有些書讀來甚至對研究頗有啟發了，教書也很好用。想想好像有點偏移一開始寫書評的初衷，但也覺得有點好笑，本來是希望多讀點工作外的書，現在卻反過來了，工作用書的範圍不斷擴張。我終究就是個讀書人。

寫評論快三年，發表近五十篇書評，另加兩篇訪問。說多也不多，平均一個月一篇多。但說少實在不少，囊括的主題、文體、區域與牽涉的知識體系，遠遠超出了我原本的想像。學海無涯以前只是一句話，現在卻是真實的感受。

矛盾而奇妙的是，我一邊越是感覺到自己有限，另一邊卻越是感覺到閱讀開創的無限。人一生能閱讀的文字量真的是有限的，但每一次的閱讀體驗，卻是無限。我沒有辦法想清楚的問題——甚至是沒想過存在的問題——卻可以倚靠不同的作者為我說明，穿越我有知的邊界，不斷往四面八方拓展出立體的空間。我的每天依然是二十四小時，可是，閱讀的那一個鐘頭，卻沒有任何時空的限制；我還是只有一輩子，但書籍為我創造平行時空，可以活好幾輩子，走在不同的時間線裡，我留存的文字甚至可以在我生命終結之後，持續輝映他人的智慧。

我依舊是沒有時間讀書的讀書人，但讀書卻為我開拓了無限的時空。

時間

最近越來越感覺到時間的存在，不知道是不是因為人近中年。有時覺得時間是朋友，有時覺得時間是敵人。其實時間是中性的力量，但人和時間的關係百百種，有些人視時光於無物，有些人讓時間協助自己完成了重大成就。

時間幫助生命中的種子發芽、成長、結果。一旦人生踏上某些軌道，跨過了零與一的差距，接下來是一路不回頭的累積，而成就指日可待。

今年特別有感於此。備孕數月，流產兩次。流產的經驗很奇特，驗到兩條線的時候已是懷孕四週，而懷孕十月也不過四十週，四之於四十的孕期，生產時鐘開始滴答倒數。但流產是一瞬間回到原點。恍若折返跑後雙殺，打者與得分的機會又回到本壘。對比身邊同時懷孕的朋友，特別意識到零與一的差距根本上不等同於一跟二的差距；零與一的差異是有與沒有，但一到二的發展是順理成章。

人生的創作，在初始階段特別容易胎死腹中。但一旦破殼而出，落地生根，接下來不過是一路抵達成果的過程。我想起博班階段反覆聽到的建議，要早點開始投稿期刊論文，關鍵是帶著一篇單一作者、同儕審查通過的期刊論文畢業。這第一篇文章代表人跨越了門檻，從見習的身分真正轉換成為擂臺賽的獨立打者。零與一的差距是無限大，而一到二，到三，到四到十，到百，不過是一路的累積。

我記得第一次收到期刊接受刊登論文的通知，興沖沖把信件轉寄給指導老師，老師以欣慰的口氣回了冷靜的信：「恭喜妳，我相信這是未來許多發表的第一步（first of the many to come）。」那應該是二〇一六年。轉眼五年多過去，我的履歷一行行列出學術著作，已經長達A4大半頁，也逐漸站穩許多（many）的程度。我期盼著自己有一天能達到指導老師們的境界；網頁要下拉一兩分鐘才能讀完的發表數量，是網路時代的著作等身。那是五十歲的我可以做到的事。現在的我，一步步往前邁進，時間是我的朋友。

小芽成樹，樹成林，林成園，一座山頭需要十年百年的成長，但指日可待。

不過，也正因為時間如友，才更感覺到自己如何與時間樹敵。有些困難的工作，延宕了好幾年都沒有完成。這兩年，我每年都許願要把博士論文改成專書出版，但總是有這樣那樣的原因沒有完成。書籍需要醞釀，一本好書沒有三五年的功夫確實不能問世，十年磨一劍的精銳也不罕見。但是，拖延與醞釀的差距，只有作者心裡最清楚，時間放在哪裡明明白白。

畢業第一年，雖然宣稱要改寫專書，但心情沒有太認真。博士論文是每個新科博士的巨大創傷，畢業後的逃避並不可恥也很有用。歷史社會學的經典《國家與社會革命》（*State and Social Revolution*），由作者Theda Skocpol的博士論文改寫而成。她在序言裡說，畢業後有兩三年都沒辦法再看它一眼。我想如果連Skocpol也需要三年才能開始改寫論文，那麼平凡人如我，拖個一兩年也是很正常的吧。

另一個延宕的原因，其實也是把時間花在刀口上。畢業後有大半時間都在準備工作申請，面試，以及寫期刊論文。工作申請文件等不得，卻又繁瑣不已。每個系所要求不同，準備一份教學大綱就可以去掉一個星期的時間。這年頭，誰不是投七八九十份工作，迴迴復迴迴，時間轉眼就過。

寫期刊論文曠日費時的程度，不遑多讓。博士階段有好些寫了一半的文章，都因為趕論文趕畢業而擱置。畢業後心情安定許多，一年清了兩篇文章出來。一篇中文、一篇英文，都是我獨立的作品，分別投上我心中最好的兩個跨領域期刊，成果圓滿。不過，成功背後永遠有宏偉的時間支持：這兩篇文章從構思到接受刊登都將近四年，是漫長的旅程。走得慢，但堅持走完。時間拖得久也有好處，人已經成熟了好幾個色階，學會用欣賞的眼光閱讀青澀的草稿，實現它的可能性，而不是批判它的未完成。最後這一哩路，初為人師的自己陪伴著研究生的自己一步步走完。彷彿又再長大一次。

時間是相當奇妙的存在：過去與今天同時在放映，但當下的決心，超渡了過去的自己。

二〇二二，進入了畢業後的第二年。更忙碌的寫作生活，但好像有更篤定的心情面對。現在手上的半成品已經擴充到四五條生產線：學術寫作有三條，中文創作有兩條。分別都要寫書與寫文章，學術寫作的文章還要分成答應了別人的稿債，以及承諾自己的獨立作品。我經常想起藍佩嘉老師多年前在網路上流傳的一篇短文，記錄她與研究所同學的對話。在成為學者之後，時間越來越少，工作越來越多。回想起研究生階段的自己，感觸是，「當時其實沒有很難，我不知道為什麼那時候我覺得那麼難。」其實博士論文沒有很難寫，我也不知道為什麼那時候我覺得那麼難。但凡事在完成之前，都被視為不可能；心力在突破不可能之間一次次擴張。

過了就不難。我於是常常鼓勵自己，現在還只需要搞定自己的研究，追求自己的成功。以後——不說太遠的以後——幾個月後我就要生小孩了，還得搞定另外一個人類。想到就一陣暈眩。不過，時到時擔當，沒米吃番薯湯。聖經說得對，你擔今天的憂慮就好。

從時間的觀點來看，難的永遠是當下；其實只有當下覺得很難。若是全心全意活在當下，毫無猶疑地投入精力去克服難關，時間就是一股助力，不斷幫助人翻新到下一個階段去。但是，如果耽溺在過去的成就、甚至是痛苦中，或者任由未來的挑戰打擊自己的信心、幻想未來的成功一蹴可幾；那麼時間是毫不相關的路人。時間流過，而我永遠停在這裡。

人的一生，時間有限。這樣一件簡單的事實，卻有趣味的深意。

寫作的地方

回高雄的時候，我習慣到家附近的社區咖啡店寫作。我在這裡寫功課也將近二十年了。記憶最早是高中時，偶爾會到這咖啡店的樓中樓讀英文算數學，從它附設的小圖書間翻散文集出來看；現在我會自己來這裡吃早午餐、看雜誌，把電腦打開來回信，就著鄉里閒聊的氣氛跟廚房鍋鏟碰撞的聲音寫作。尤其這幾年，老家的臥房已經不再適合我寫作、閱讀——桌前的大窗面西，一旦過午，亮晃晃的陽光直射眼睛——這間社區的咖啡店幾乎成了我在高雄老家的書房。

說它是社區咖啡店，應該也不是它原本的設定。只是，一間咖啡店如果坐落在眾多社區大樓之間，似乎也沒有辦法不成為一間社區咖啡店。來吃早餐時，前後座總會有一桌是中年男子，一桌是暮年父母與成年子女，然後有一桌是媽媽帶一兩個國小年紀的孩子。中年男子眾的存在，是社區咖啡店最像是社區的特徵；他們總能將咖啡可頌吃得像豆漿燒餅油條一般。可頌還是可頌，咖啡還是咖啡，但就是某種咧嘴分食、大快朵頤的畫面，推起眼鏡翻開手機保護皮套的樣子，讓咖啡店變成了永和豆漿。成年子女與暮年父母的組合，多是聊投資、旅遊、健康，也聊親戚的誰工作如何了，誰家小孩考上什麼學校，最近看什麼病吃什麼藥。大多是父母說得多，子女說得少；我以前沒有想過為什麼成年子女多是沉默，後來想，父母能說話的時候也不算多，能對著成年子女流利而清晰地說話，就盡量說吧。其實最沉默的一桌，是帶著國小孩子的母親，小孩大多看平板、看手機，母親則是安靜地為小孩分盤、安靜地進食。我想，出來吃飯確實是圖個清淨。社區的咖啡店，大約就是這樣一種餐桌的衍伸。

人在什麼地方寫作，也是有緣分。離開老家，到了新的城市，還是帶著一兩間咖啡館。

出國前，我的生活圈在臺北南區。在咖啡館工作不是新鮮事；不過，每個人喜歡在什麼樣類型的咖啡館工作，倒是各有千秋。有些人喜歡陰暗系，最好是夜貓咖啡館，越夜越貓越有人氣，最美味的食物是一盤水餃做宵夜。我大致上是晨型人，喜歡在上午的陽光裡工作，最好是能看見整片街景的落地窗。出國前半年，我常在一間名為巴士底（Cafe Bastille）的咖啡店念英文、寫申請文件，店址位於和平東路與新生南路交口附近的巷子裡，巷口有一攤非常出名的蘿蔔絲餅。當時我剛入手了人生第一臺筆記型電腦，有小紅點的IBM，很重；扛著電腦小黑與閱讀資料到那亮晃晃的落地窗前，點一杯低消的紅茶，一篇一篇地把文件寫出來。當時覺得寫申請文件非常困難，想到出國路充滿未知，很緊張，一邊戮力消化恐懼，一邊硬著頭皮做文件（沒想到將來的人生要寫幾百份申請文件）。

關關難過關關過。十年後我回國，拿到一份博士後的工作，竟然還是在臺北南區，拿同一個大學的識別證。不同的只是識別證換了顏色、換到校外的辦公室。某天我在科技部開完會，沿著和平東路慢行回辦公室，彎進去拜訪巴士底咖啡店；它已易主，成了一間巧克力專賣店，但恰好是我長期在臉書上追蹤的愛店！是我非常喜歡的甜點師傅開設的品牌旗艦店，過去現在竟然合一於此。貼心的記憶不再，人事已非，一座咖啡店消逝了，卻成為另一座更精緻的堡壘。

人的心中如果存著一間陪伴你寫作的咖啡店，那麼，無論是到什麼地方，總會出現這樣的一座小小城堡。讀博士班時，我住在名為包心菜城（Cabbage Town）的街區，房價高低不一，越接近河畔越是高級的磚屋（townhouse）。我的公寓則昇在街區靠城市的邊緣，面對著集合式住宅。週末我會去河邊慢跑、散步，在一間名為紅莓（Red Cranberry）的家庭式餐館喝咖啡、吃早餐，讀散文、小說，然後回家寫中文稿。

紅莓也是社區的咖啡店。客人都是鄰近的住戶，從穿著打扮可以看出：人人都穿著陳舊舒適的雪靴、雙手空空不帶包包，進店前一邊寒暄一邊用力踩踏腳墊，讓雪落下。我的鄰桌是銀髮夫妻，三四位老先生，或者睡眼惺忪的年輕伴侶，偶然有人帶著嬰幼兒（倒是少見聚眾的中年男子，文化上，他們的出沒處是酒吧）。女侍是親切的大媽，很快就能認得你，也記得你的偏好；不忙的時候就站在桌邊跟熟客們閒聊。週末早上是我放鬆讀中文書的悠閒時刻，所以我在紅莓讀了很多散文與小說，配它無限續杯的熱咖啡。那種厚實、瘦小、米白的陶瓷馬克杯，仍然是我心中最適合週末早晨的咖啡杯；旁邊再站一盅矮矮的白鐵牛奶壺。吃飽喝足，乘著咖啡滑進舒適的母語世界，才心滿意足地打開電腦開始寫中文稿件。現在回頭讀自己早期的散文，都會感受到紅莓的街坊氣息。

旅外時期，還習慣了在飛機上寫作。剛開始飛來飛去，沒有習慣使用飛機上的網路服務，一上機就是與世隔絕。長途飛行動輒一日半載，跨越太平洋後還有大半個美洲大陸，睡也睡飽了，電影也看花眼了，不如打開電腦寫作。飛機上空間拘謹，我沒有辦法做硬蕊的工作；但是，機上空間特殊，眾人擁擠中各自孤獨，倒是很容易沉入思緒，適合寫短篇札記，或者做編輯工作，把文章梳整成輯，把資料夾中斷頭斷尾的文章完成。我的第一本書跋便是在飛機上寫成，一氣呵成，寫完之後一字不改送出。再看仍覺得能量集中精練，確實是在特定情境下寫就的文字。

回到臺灣後隔年，疫盛，不再出國。現在沒有了這種十數小時的旅程，頂多是南往北返的高鐵，至多兩個小時的路途，我也覺得適合寫作。因此很少抱怨高鐵網路不穩。高鐵網路不穩是最好，斷我後路專心寫功課。

不過，雖然我在很多地方都能寫作，我最習慣的寫作空間，仍然是辦公室。像是運動選手需要器材與場地才能進行正式的訓練，我也需要完整的、屬於我自己的工作桌，延續我的紀律，支持我的創造。

獲致一間專屬於我的書房，是一趟漫長的旅程。讀書寫作本質上可以四海為家，自己的腦子打開，電腦也打開，就可以寫作。但是到了某個階段之後，腦中的計畫開始成長，寫作變成工程，需要長時間企畫、建構、打磨，甚至必須多次破壞再重建；沒有穩定的寫作空間，書籍資料無法物理性地展開，想法也難以抽象地擴張出去。

碩士階段多在圖書館工作。我讀書的學校都有很美的圖書館，都是具時代意義的建築。芝加哥大學校園以其維多利亞哥德（Victorian Gothic）風格著名，我最常讀書的圖書館是哈潑閱讀室（Harper Reading Room）。巨型挑高的拱形天花板、雕花長窗、輝煌吊燈，厚重黝黑的木長桌，兩邊還有單人沙發躺椅，適合長時間奮鬥。我極少數通宵寫考卷的經驗，都發生在這裡。後來到了加州，柏克萊法學院是一棟很特殊的建築物，沿著山坡而建，因此難以說清楚哪一層是一樓、二樓，哪一層樓又是地下室；不過，自習室永遠都是採光最好、最通透的空間，安在建物頂端，加州永恆燦爛的陽光，是閱讀的本體。

圖書館雖好，個人的書籍筆記終究不能留過夜。從單純寫作業進展到寫研究論文後，我變得很宅，很習慣在租處工作。好處是時間空間可以無限延伸，睡醒就寫，寫餓了就吃，吃完打盹，醒了繼續讀。壞處當然也是時間空間混雜，日子一片混沌。餐桌就是書桌，電腦跟文章永遠不收，只在進食時間清出一塊空間擺碗盤。這是還沒有建立紀律的臨時狀態，不是能夠永續發展的生活方式。

進入博士班後，寫作空間有了很大改進。系上有一間專給研究生的讀書室，暱稱魚缸（fishbowl），位子不多，先搶先贏。頭兩年修課多，我習慣如上班一般每天到校，先到魚缸讀書，時間到了再去上課；或者下課後直接到魚缸。一群人一起工作有一種寧靜的集體力量，彼此拉抬，即使是難以工作的狀態也能受益，靜下心做雜事，改改註腳改改作業。魚缸裡還有儲物櫃，研究生可以登記，書放著不必帶來帶去，要批改的學生作業也可以塞在櫃子裡。我獲得儲物櫃時覺得自己人生升級，成為有一點五窟的兔子。

不過，正式的升級還是在圖書館裡獲得讀書小間（carrel）。這是在圖書館高樓層邊緣的小房間，不到一坪，每間設有一張書桌跟三四層內嵌書櫃。多倫多大學的羅伯茲圖書總館（Robarts Library）是粗獷主義的建築風格（Brutalist architecture），混凝土外型灰白如變形金剛，其實不好看，在冰天雪地間更顯荒涼。讀書小間內也是冰冷冷的，頗像監禁室。博士班三年級我抽到小間，門上有自己的名字；雖然不是什麼溫馨優雅的書房，但讀書這麼多年，終於有了專屬自己的研究空間，還是非常開心。

印象最深刻的是我偷偷帶了熱水壺到小間裡，從此終於可以在工作時有熱茶可喝——這是當時人生一大進展，因為北美大學圖書館通常沒有給熱水的飲水機。寒窗苦讀時能有源源不絕的熱飲，實在是很關鍵的支持。我在那個迷你讀書小間內完成了非常、非常多工作，通過兩科資格考、完成博士論文提案，寫了很多獎學金申請、最早的幾個論文章節。這段時間累積的研究成果，是我最早的一批發表。

冰冷的研究小間似乎象徵了初期孤單、刻苦的研究生涯——但是，甘之如飴。這是我的起家厝。

回臺後，寫作環境越來越好。受前輩照顧，我在中研院待了一年多寫論文。寫論文需要定心靜心，不計成本地累積、突破內在的心魔。前輩安排給我一間研究室，有很長時間只有我一個人，大窗面對翠綠山頭，可以看到松山機場的飛機起降。我同時進行好幾線的寫作，拚論文、拚發表，維持中文創作，也開始練瑜伽、練身體。

身心強健是寫作的基礎，能在寫論文的階段同時培養運動習慣，實在是很應該也很幸運的基本訓練。我開始瑜伽晨練，其實很挑戰我原來的工作節奏。因為筋骨舒張開來後，壓抑多時的深層疲倦不可抑止浮上意識，那種睏不是平常的睏，絕無可能硬撐做事，只能休息好再上。我忍不住困倦時曾經在研究室昏迷三個小時（也是氣場好的房間才能讓人這樣睡）。就這樣，週復週月復月，睡睡寫寫，慢慢清理、慢慢前進，終於看到隧道盡頭的光芒。在這間研究室，我寫完論文，完成遠距口試，順利畢業。

很奇妙的是，我完成博士學位後，這間研究室就入駐了其他助理，我不再是單獨一人；我們吃吃喝喝相當歡樂，研究室從寂靜的修行壇場，變成點心有存的交誼廳。寒冬已過，春天降臨。我在一個溫暖的四月天，從南港市郊搬到中正廟旁的新辦公室，又開啟另一段旅程。

現在的我，確實是狡兔雙窟，在辦公室跟家裡都有自己的書房與書桌。家裡的書房面一座橫長窗，遠遠可以看見101。辦公室的書桌也臨長方形大窗，往下看羅斯福路車水馬龍。書桌都是大桌。

我喜歡自己的書桌，喜歡專屬於我的辦公室。把書跟筆記攤開來，把近期、中期、長期的工作事項用便利貼貼在桌前。便利貼如藤蔓蔓生，做完的事項用粗紅筆劃去，撕去舊的貼上新的。我的大部頭書旅行過千萬里，在辦公室有安放地，如壓艙石般鎮住我的書櫃。經年累月地帶著這些書，不全是為了它裡面的知識含量，而是為了它在架上的知識能量。另外有很多工作筆記；田野筆記累積有七八本，讀書摘要也有，以前一行行一頁頁寫讀書筆記，再打字成檔存入資料庫。雖然電子化之後，筆記本都可捨棄（如指向明月的手指也可放下*），但我取其孜孜矻矻的能量，也存放在書櫃裡。

* 註：出自於《六祖壇經》中無盡藏尼與六祖惠能的對話，將真理譬喻為月亮，而文字為指月的手指，用以表達要理解真理不必非得透過文字。

說來感慨。臺上一分鐘，臺下十年功；對學術工作者來說，一行字可能是琢磨多年、才靈竅頓開的天啟。我寫作不算快，也不是特別勤奮，職涯還在累積的階段，每寫一篇文章都要讀很多文章，看很多資料，還要反覆修改很多次——總之，要走很多冤枉路，才能交出一篇不致慚愧的作品。每年寒暑假清理書桌，一大落一大落紙頭拿去回收的畫面非常驚悚：自己殺了這麼多樹，成果不過是一點點。但字紙的質地終究不能被電子文件給取代。

樹的青春與我的青春一層層堆積成肥厚的土壤，是另外一種化作春泥更護花。因而我的辦公室有魔力。我進入辦公室如一種進入工作的儀式，同樣一臺筆電，同樣的瀏覽頁面，在辦公桌前翻開螢幕，感覺就是不一樣。環顧四周，所有的筆記、選書，寫作的目標、期盼與成就，都是來自於我、許諾於我。我被自己支持著，鞭策著，關懷著，鼓勵著。這是我做法的神壇，我投入的一切心血灌注成專屬於我的能量場。在我的閱讀書寫當中，我只有我自己。

寫作是一場與自己的戰爭，與有限的生命競爭。寫作也是一場生命的饗宴，在全神投入工作的時候我感覺到一種自由，一種表達自己而完全經驗自己的流動感。一種自給自足的豐盛。

這麼多年，在這麼多地方寫作，寫作的空間尤其是境由心轉。想體驗孤寂的時候，寫作就是長長的隔絕與獨行。心在春暖花開時，生命會轉彎到新的風景區，即使是一個人寫作也是一群人的聲音。寫得多了，文字有了自己的生命，帶領我去見識不同的地景風土。想想很期待下一段旅程，下一個寫作的地方。我想那裡還是會有大窗、大桌、大書櫃，有熱茶跟咖啡，雖然很安靜但是也很熱鬧，出門有古典的建築蘊含深藏不露的知識之流，入門會有友善的人群為真理激辯與奮鬥。

寫作的本質是想像與創造，寫作的地方，原來也是一種想像與創造。

我與文字一路走來

文如其人，此言不虛。

不過，人會變，字也會變。

以字謀生，約略十年。期間寫字有百萬，讀字更多。寫讀多少其實不很重要，可以確定的是，文字是生命中最熟悉的夥伴之一。文字是自我的延伸，也是靈魂的載體。人一生變化多端，看自己的字看見演化轉變；雖然是自己，卻彷彿不是自己，是一部與我相呼應的電影，映照著我的人生演化下去。

開始寫字時，我對文字的姿態相當高傲。我大、字小，字是為我服務的，要達到我為它設定的目標。

其實高傲之人多有自卑之處，通常是因為先自覺矮人一截，才硬要膨脹起來傲慢待人。我對文字的高姿態，是反映我在生命裡自覺渺小。開始寫作是出國時，天天都講英文，夜裡就想寫中文。移居是深刻的隔離，斷根的空虛，二十幾歲一人在異國獨立，在異文化裡重新做人，每天都有層層疊疊的挫折跟害怕。害怕又壓抑，因為面對大量嶄新的挑戰，必須要快速成長，其實沒有什麼心量去安慰自己。寫作是自然的出口：一方面，把中文字當救命浮木，緊抓著確認自我認同；但另一方面，又對文字有緊迫的要求，一定要透過文字獲得注目，補償自己在現實世界中，幾近透明的邊緣存在。

現在看來，這跟文字的關係實在是很緊張。不過也很合理，因為當時跟自己的關係，就是這麼緊張。

人在緊張時，其實都看不見身邊的美好，更遑論看見自己的美好。我對自己嫌棄良多，注意力都在如何生存，以及如何勝出。對自己的文字多有批判，不批判時則索求——例如總是嫌自己的報告、論文寫得很差，但另一方面，又極度渴望我的中文創作，能為我帶來家鄉熟軟的溫暖與支持。這一來一往之間有極大的落差。我的內在耗費了很大的能量來掩飾衝突，維持和平表象。

即使對文字有諸多批判，我的成長，還是文字幫了大忙。拉扯下我仍舊寫了很多文章：學術的文章順利帶領著我前進，修課、考試，一篇篇支持我完成學位；中文創作則盡力陪伴了我。痛苦有之，哀怨有之，故作姿態有之，自憐自艾亦有之。但都是誠實而貼近自己的文字。貼近自己就能回血，不再分裂不再偽裝，再如何負面的文字也都有真實的力量。

文字蘊含著真實的力量，具有自己的生命，是我的創造，卻開展另一段旋律。我也受益。

後來生命跌宕，在挫折裡逐步接納了自己真實的缺憾。慢慢地，我跟文字的關係和緩許多。

對我最難的一步，是承認完美不存在於我身上。完美是假象，渴望完美是執著。追求假象的自己會把努力都投到黑洞當中，越是投入，越是餵養不可能實現的期待落空，但越是落空越是執著。人成為一只旋轉的空心陀螺，呼呼發出淒厲尖叫。那樣的生命狀態實在太累人了。

幸好我有很多機會練習接納。緊繃久了，生命總會流來大大小小的機緣幫助人，練習挫折，練習接受。對自己鍛鍊一份寬容。從文字上學習，我發現也沒有那麼難，尤其面對長久以來都非常努力的自己，回頭看自己的作品，也常有欣慰之感。

博班後期我接受很多邀稿，寫了很多專書章節跟期刊特刊的文章。這類型的文章不一定會經過同儕審查，主要是由主編把關品質。好處是可以增加發表經驗，但壞處是曠日費時。出版過程取決於主編的領導能力，以及其他作者的向心力。我有篇文章是在二〇一七年答應邀稿的，一直等到今年（二〇二二）才終於成書，耗時超過五年。其他最快的專刊文章也等了近兩年。這些稿子下筆時，我還是相當青澀的獨立研究者，對自己的學術寫作能力非常沒有信心。人經常處於不忍卒睹的狀態——稿子是交出去了，但無論如何不敢再看。偏偏出版流程又拖磨，跟編輯三番來回，越不敢看越得看；其實不是很難的事，但氣力耗盡在羞愧與修正之間。

今夏，很多稿子都進入最後定稿階段。它們也有三四五歲的年紀了，此時看稿，竟然看出好些感動來。感覺到自己雖然青澀，但是眼光是清晰的，結構是完整的。即使是有限的資料，仍然能修整出一份張弛有度的作品。經過一次次修改，文字的精練度再提高，至今已是能夠端上檯面的成品。當時的自己確實是具潛力的新秀——我抵達了下一個階段，回頭拍拍自己的肩膀，稱許年輕的自己——妳真是個很好的研究生。

文字也教我活在當下。現下自己是什麼，就寫什麼；不活在未來的假象裡，也不活在過去已逝的失敗或成功裡。未來還沒有發生，過去已成定局。

寫中文書，我老是覺得不滿意。大約仍有執著，想寫出宏大的作品，嫌棄自己的中文創作不夠強盛有力。我一直想模仿芭芭拉・艾倫瑞克，寫出具批判性、架構弘大、資料詳實的作品。主要是想好好運用學院的訓練，跨領域整合學院知識與現實觀察，對重要議題提出說法。但總沒想到適合的題目。平常工作與寫作也已耗盡全部心力，沒能量跨出步伐。

反而是創作的出版進程一直很順暢。一直以來沒有太看得起自己隨手寫就的散文。寫生活的感悟，寫小日子，細細碎碎的，似乎不成章。但反而很容易合輯出版。涓滴細流，日積月累，貴人相助。這一路的文字進程順順當當，圓滿了一本書，下一個合作機會又來。我慢慢放下對未來的想望——不再從尚未發生的未來回頭批判現在的自己——改為接受自己現在的位置。我其實只能寫我現在能寫的書。現在想到寫什麼，就寫什麼吧。寒冬時不可能收穫盛夏的水果，但可以享受特別溫暖的湯屋。

一本一本地寫，已是萬幸，順著生命走，流來的都是豐盛的饗宴。

我認識到文字有自己的生命與能量，一旦創作出來貢獻於這個世界，就如分靈體一般開展她自己的生命，甚至如鳥反哺，為我叼回許多美好的緣分。我的文字為我回收過很多美好的禮物，諸多珍貴的友誼。讀者送過果醬、餅乾、花束，甚至靈感再翻出靈感，創作出以「臺北女生」為名的調酒、歌曲、電視節目。我本來不認為自己的字好，只是真實地寫，招來的善意卻比批判多得多。最奇妙的是，時間過去，批判也過去了，美好卻永久留下。

原來自我攻擊沒有力量，但真心卻可以不斷翻出生命。我更認識了我自己，也更認識了這個世界。

整個世界與疫交手良久。疫中我繼續寫作。我持續地觀察自己如何產出學術作品，又如何創作。我知道自己內在的分裂沒有消失，整合是一輩子的進程。我逐漸理解，我的學術文字是陽剛的，而創作是陰柔的。

長期以來，我不斷將自己投注在學術產出裡——睜眼就是給，卻很少滋養。給予是一種陽剛的力量，我確實是花了絕大部分的時間精力在鍛鍊這股力量。但文字不一定都是陽剛的表達。文字也可以乘載滋養的能量。我的創作是反映這個面向；創作不是一項向外發展的任務，是一趟向內探索的旅程。想通了這一點，我才意識到，其實創作於我，是鍛鍊放鬆的能力，開拓空間以生息。放鬆地寫，貼近地寫，無目標地寫。不想寫就不寫，想寫的時候什麼都可以寫。讓文字展現我自己，陪伴我，接納我，允許一切情緒與感受流動。

沒有月夜的幽暗深沉，沒有白日的光明動力。深深地休息，才有真實的清醒。文字是中性的載體，可以乘載這兩種不同的力量。它們都是我的一部分。我過去不明白，現在才理解，文字沒有非得要燦燦含光，也不必然痛苦陰鬱。陰陽相生，我需要的，只是一份整全，它們不分裂，我的靈魂就得以完整自在。

又是一層放下完美假象，接受真實自己的功課。學術工作已經占據了我絕大心力，一篇篇學術論文產出已耗盡地力。創作是來滋養我的生產能量，讓我貼近自己的感受，允許我發展直覺，自在地伸張所有喜怒哀樂。若再誤把創作轉為「去做」的任務，那是耗上加耗。想通了這一點，突然理解了為何寫散文對我理所當然：我的學術生產力有多強，我的中文創作就有多寬廣。而我的創作能涵納多少情緒，醞釀多少感受，我的學術發表就能有多少奔發，多少可能性。這是兩股相生的力量。

我終於體會到，要信任我自己，要信任我的文字。文字是我的導師。文字走到哪裡，我就跟到哪裡去探索與發展。不要嘗試控制它，學習跟它一起工作。它就是我，我就是它，我們是彼此的夥伴。

謝詞

一本書抵達讀者手中，如花束，也是來自天地，穿過人群，被一雙雙手好好交付過的祝福。

本書出版要感謝悅知文化總編輯怡慧，誠摯邀請、鍥而不捨；負責此書的編輯小玉，充滿耐心地等待我拖稿，充滿愛心地打造所有細節，使之成型；還有行銷期儒，將這些文字帶往世界的舵手。出版界的夥伴有精準的眼光，對文字的熱情，務實的市場策略與執行，才有本書面世。這本書同時是我的也是他們的。

另外要感謝我在學術界的同事與各方前輩。本書寫作期間，我任職於科技部人文社會科學研究中心，這是全臺灣最好的博士後研究職位之一，有絕對的自由，讓我可以自己的節奏與想法安排出版計畫。這一年多來，我在學院與知識傳播兩方面的產出都很穩定，要感謝國家的資助與支持。我也很感謝中心主任何明修老師、行政專員慧穎，積極推進各方企畫。博士畢業到上岸之前，人的時間感還很薄弱，基本上還在龍宮裡神遊；此時有牡羊座的火力與處女座的執行力，感覺像坐上一艘馬力充足的潛水艇，終於要突破深水回到人間。另外也要感謝中心同事們相濡以沫，雖然博後階段如大樹下避雨，總是希望大家都快快離開才好（代表找到專任工作了），但相遇時一起吃喝抱怨講八卦，實在非常快樂。學術市場很差是結構問題，很幸運的是每一步都還是有愉快的當下。祝願我們的哭牆雖長，總有終結的一天。

還有非常多學界的貴人，在明在暗，恕我不一一致謝（否則這謝詞要比本文還長了）。一路前行，我越來越清楚感覺到這裡有諸多支持與鼓勵。我能維持創作的能量跟信心，要謝謝各位幫助我成為我自己。

我也要感謝我的諮商老師秦玉玟以及瑜伽老師Ashley，無私地與我分享巨量的時間與智慧。秦老師的智慧已經完全內化到本書當中——老師給予的，其實遠超過我所能吸收的，確實是「仰之彌高，鑽之彌堅，瞻之在前，忽焉在後」，師者循循然善誘人。幸好我還有很長的人生可以繼續學習。瑜伽給我的眾多益處，我已盡力記錄，但體驗之奧妙依舊難以言盡。只能說三年前遇見瑜伽，跟著Ashley一起練習，是一場恰到好處的巧遇。我因而相信了，「你所需要的，都會來到你面前」。

生活上要感謝我的室友兼孩子的生父S，有意願與毅力做新好男人，必須兼顧家庭與事業，偶爾還要擔任我的in-house statistician。感謝我父母兄嫂，理所當然地支持我的發展，我因而從沒覺得自己的職涯、家庭選擇有何限制，可以自由地追求。這些我幸而擁有的良好關係，是本書能成的遠因。

最後的最後，感謝我的讀者。我始終不太明白我的文字究竟是如何抵達各位手中的；但以我並不精準卻莫名有信心的探測，我可以感覺到，我的讀者們都以一片赤誠的真心閱讀著。連批評都能夠感覺到其後的真心。我非常感謝各位一路的支持。這次我也交出了真誠的作品。以後我也會繼續向前，期待與各位在下一本書中繼續相遇。

疫之生

作　者　許菁芳 Ching-Fang Hsu
發 行 人　林隆奮 Frank Lin
社　長　蘇國林 Green Su

出版團隊

總 編 輯　葉怡慧 Carol Yeh
主　編　鄭世佳 Josephine Cheng
企劃編輯　黃莀肴 Bess Huang
責任行銷　姜期儒 Rita Chiang
封面插畫　早　日 Zao Ri
封面裝幀　鄭婷之 zz design
版面構成　譚思敏 Emma Tan

行銷統籌

業務處長　吳宗庭 Tim Wu
業務主任　蘇倍生 Benson Su
業務專員　鍾依娟 Irina Chung
業務秘書　陳曉琪 Angel Chen
　　　　　莊皓雯 Gia Chuang
行銷主任　朱韻淑 Vina Ju

發行公司　精誠資訊股份有限公司
　　　　　悅知文化
　　　　　105台北市松山區復興北路99號12樓
訂購專線　(02) 2719-8811
訂購傳真　(02) 2719-7980
專屬網址　http://www.delightpress.com.tw
悅知客服　cs@delightpress.com.tw
ISBN：978-986-510-222-7
建議售價　新台幣340元
初版一刷　2022年07月

國家圖書館出版品預行編目資料

疫之生／許菁芳著. -- 初版. -- 臺北市：
精誠資訊股份有限公司, 2022.07
　面；　公分
ISBN 978-986-510-222-7（平裝）
863.55　　　　　　111008074

建議分類｜華文創作・散文